Wilfried Teschler

DAS POLARITY FUSSBUCH

Eine praktische Einführung in die energetische »Sprache« der Füße

WINDPFERD
Verlagsgesellschaft mbH.

Zweite Auflage 1988

Umschlaggestaltung: Wolfgang Jünemann,
unter Verwendung eines Fotos von
Ursula Graubner
Layout: Monika Jünemann
Fotos im Innenteil: D. Niemann
Gesamtherstellung: Schneelöwe Verlagsberatung, Durach
ISBN 3-924624-10-0

Printed in Germany

Inhaltsverzeichnis

Einleitung

Mit diesem Polarity-Fußbuch stelle ich eine neue, sehr wirksame Art der Fußmassage vor.

Die Grundlage für diese Massagearbeit ist die Polarity-Methode und die Erkenntnis, daß sich in den Füßen Körper und Geist eines Menschen widerspiegeln, findet in ihr praktische Anwendung.

So können wir über die Füße mittels dieser Methode den Energiehaushalt und den Energiefluß des *ganzen* Menschen positiv beeinflussen.

Jeder, der auch nur ein wenig Sensibilität für die feineren energetischen Vorgänge im Menschen hat, kann diese Massage praktizieren. Sicher ist besonders zu Beginn ausdauernde Übung und erhöhte Aufmerksamkeit notwendig, um später sicher und zuverlässig mit dieser Art der Massage arbeiten zu können. Die Massage wird immer einfacher, gelassener und zuverlässiger, wenn der Massierende sich mehr und mehr von der *Lebensenergie* tragen und leiten läßt.

Der Massierte wird deutliche Veränderungen in seinem Leben verspüren. Sein Leben wird ausgeglichener, runder, lichter und liebevoller werden. Das Ziel der Polarity-Fußarbeit ist eine tiefgehende und sich ständig weiterentwickelnde Harmonie im Denken, Fühlen und Handeln.

Mönchengladbach
September 1984

1. Polarity

Polarity

Polarity ist eine auf dem Yin-Yang Prinzip beruhende Methode, den Menschen von psychischen wie körperlichen Blockaden zu befreien, und die Möglichkeit zu einer weiteren und verfeinerten Selbstentfaltung zu schaffen.

In der Polarity arbeiten wir mit Hilfe der Lebensenergie (Chi, Prana), indem wir uns ihre Gesetze vergegenwärtigen, uns diesen Gesetzmäßigkeiten hingeben und die Chancen nutzen, die sich uns dadurch bieten.

Die Lebensenergie, die zwischen beiden Polen (Yin und Yang) fließt, läßt sich leicht erfahren:

Lege kurz das Buch beiseite und halte die Hände in Schulterhöhe mit den Handinnenflächen gegenüber. Vielleicht verspürst du sofort ein leichtes Kribbeln in den Fingern und/oder Händen. Atme ruhig und gelassen, dies fördert den Energiefluß zwischen deinen Händen. Bewege die Hände jetzt weiter auseinander. Du wirst feststellen, daß ab einer gewissen Entfernung der Energiefluß nicht mehr zu spüren ist.

Bewege die Hände dann wieder aufeinander zu, bis zu dem Punkt, wo du das Kribbeln am stärksten wahrnimmst. Manchmal teilt sich der Energiefluß auch durch eine Wärmeempfindung, durch Ziehen in den Fingern, durch Leichtigkeit oder Schwere mit.

Wenn du jetzt jemanden bittest, seine Hand zwischen deine Hände zu halten, wird der Energiefluß wahrscheinlich zunächst einmal über seine Haut, dann durch sie hindurch und dann durch die gesamte Hand fließen.

Die Lebensenergie findet *ihren* Weg auch durch die

Materie und löst so Verspannungen und Blockaden, deren Folge innere Unausgeglichenheit wäre.

Was bleibt, ist Harmonie – der freie Fluß des Lebens. Das ist zugleich Weg und Ziel von Polarity.

In dir und um dich ist ein stetes Fließen der Lebensenergie. Dieser Fluß wird unterbrochen, geschmälert, zurückgedrängt, zum Versiegen gebracht und eingesperrt durch unsere menschlichen Schwächen, den Blockaden (Mechanismen). Folgen dieser Blockaden sind innere und äußere Disharmonie, „Probleme", Dumpfheit, alles in allem: menschliches Leid.

Blockaden halten uns in festen, materie-verhafteten Denk-, Gefühls- und Handlungsabläufen. Wir sind ohne deren Auflösung auf ein bestimmtes Reiz-Reaktionschema festgelegt, das wir, falls wir uns damit identifizieren, fälschlicherweise für unser eigenes, individuelles Muster halten.

Die Polaritymethode gibt dadurch, daß sie mit Hilfe der Lebensenergie die Blockierungen auflöst, die Möglichkeit zu einer stetig wachsenden Befreiung und Selbst-entwicklung. Das Ziel ist folgendes:

– der freie Fluß der Lebensenergie
– in den Mittelpunkt kommen
– im Mittelpunkt sein
– Harmonie von Körper und Geist
– gesund und heil zu sein
– weder in der Vergangenheit noch in der Zukunft verhaftet zu sein
– jetzt sein.

Dies sind alles nur Umschreibungen, Worte für einen Zustand, der sich nicht in Worte fassen, sondern nur erleben und leben läßt.

Polarity und Lebensenergie

Festsitzende Energie, die die Lebensenergie blockiert, ist ehemals frei fließende Lebensenergie. Der Fluß wurde durch ein, die Individualität belastendes, Erlebnis beeinträchtigt. Die Bewußtheit war während dieser Situation herabgesetzt.

Die Qualität der Blockierung hängt einerseits von der Intensität des Erlebnisses ab und andererseits vom Grad der Bewußtheit, beziehungsweise der Bewußt*losigkeit*.

Ist die volle Bewußtheit präsent, kann auch ein sehr massives Erlebnis den Fluß der Lebensenergie kaum beeinflussen. Dagegen kann ein nebensächliches, für einen anderen kaum wahrnehmbares Geschehen, bei stark herabgesetzter Bewußtheit, den Fluß der Lebensenergie zum Versiegen bringen.

Bewußtheit und Lebensenergie dienen einander. Die Intensität der Bewußtheit beeinflußt Qualität (Dichte) und Quantität der Lebensenergie.

Die Lebensenergie ist der ewig fließende Jungbrunnen. Sie fließt in nie versiegenden Strömen. Sie ist Freiheit, die Lebendigkeit schlechthin. Von keinem bewußten Sein begleitete Lebensenergie ist wie ein farbenprächtiges Gefühlsleben, wie ein Feuerwerk, das unablässig in den schönsten Farben leuchtet. Fließt sie ohne Bewußtheit, ist sie nur ungestaltete chaotische Kreativität, ohne Sinn und Ziel.

Bewußtheit ohne Lebendigkeit ist wie ein funktionales Haus, rein nach objektiven Kriterien gestaltet und gebaut. Es ist im Praktischen vollkommen, aber es fehlt Farbe und Vielfalt, das, was wir Menschen schön, vital und wunderbar nennen würden.

Die Lebensenergie fördert die Bewußtheit und füllt sie mit ihrer unendlichen Vielfalt aus.

Kommen herabgesetzte Bewußtheit und ein belastendes Erlebnis in einer Situation zusammen, wird der Fluß der Lebensenergie dadurch geprägt und eventuell gestoppt. Diese Prägung fixiert die Signale dieser Situation und ist dann in vier Richtungen wirksam:

a) Sie gibt dem Körper eine bestimmte, ihrem Inhalt entsprechende Form.
b) Denken, Fühlen und Handeln werden in ein festgefügtes Schema gepreßt.
c) Die Bewußtheit wird infolge des Geschehens für die Dauer der Prägung herabgesetzt.
d) Der freie Fluß der Lebensenergie ist blockiert.

Die Verformungen des Körpers, die verfestigte psychische Struktur und Dumpfheit sind Auswirkungen der auf der Körperenergieebene geprägten Strukturen. Diese Strukturen hält beinahe jeder für die ihm eigene Ich-Identität, die eigene Art zu leben, für seine Stärke und Schwäche.

Nur: die Strukturen haben nichts mit *dem* Menschen gemein, sie verhindern ihn sogar. Sie bilden seine Identität, seine Maske oder Persona, hinter der er nur noch selten hervorschaut. Das Wort Identität beinhaltet schon die Identifizierung mit der Maske. Das klingt dann so: Ich bin Sozialarbeiter, ich bin dies und das ..., ich bin unruhig/ruhig, ich bin liebevoll, gut, schlecht, usw. – Folgende Formulierungen, entstanden aufgrund mechanistischer Strukturen: ich muß ..., ich kann nicht ..., so etwas tu ich nicht ..., und deren Befehlformen gehören ebenfalls dazu.

Die Befreiung des Menschen findet durch die Befreiung von den Mechanismen statt.

Jeder Mechanismus ist im Prinzip im gesamten Körper vorhanden – so die eine Sichtweise. Eine andere besagt daß jeder Mechanismus „seinen" bestimmten Ort in „seinem" entsprechenden Körperorgan hat.

Beide Ansichten haben ihre Berechtigung. Ein Mechanismus kann, gleich wo er „sitzt" den ganzen Körper und das gesamte Leben eines Menschen färben und ausrichten. Ein Mechanismus kann das Ob und das Wie, das Wodurch und Warum, das Was und das Ziel des Daseins diktieren.

2.

Die Füße als Spiegel

Die Füße als Spiegel

Über die Füße können wir die grundsätzlichen, grundlegenden körperlichen Strukturen erreichen.

Die Energieverteilung im Körper entspricht der Energieverteilung in den Füßen und umgekehrt. (Bild Seite 20)

Partnerübung: Energie erfahren

Nimm einen Fuß deines Partners in beide Hände. Lasse die Beschaffenheit des Fußes ohne Vorurteil auf dich wirken.

Halte den Fuß in den Händen, so, als ob er etwas vollkommen Neues für dich wäre.

Vergegenwärtige dir jetzt den Aufbau des Fußes, Knochen, Gelenke, Sehnen, Muskulatur, Adern, Nerven, Haut und Nägel. Vielleicht fällt es dir leichter, wenn du die Augen dabei schließt.

Lasse dir jetzt, wo du den Fuß näher erfahren hast, ein Bild von ihm kommen. Dies ist ein passiver Prozeß, ohne eigene gedankliche oder emotionale Tätigkeit. Das Bild entsteht wie von selbst, wenn du es nicht zwingst. Es entsteht dann nicht durch deine eigene Subjektivität, sondern ist ein Ab-bild der Energiestruktur dieses Fußes.

Du kannst davon ausgehen, daß dieses Bild den energetischen Zustand des Fußes, und damit ein Bild des Energiezustandes und der Energiestruktur dieses Men-

Die Einheit

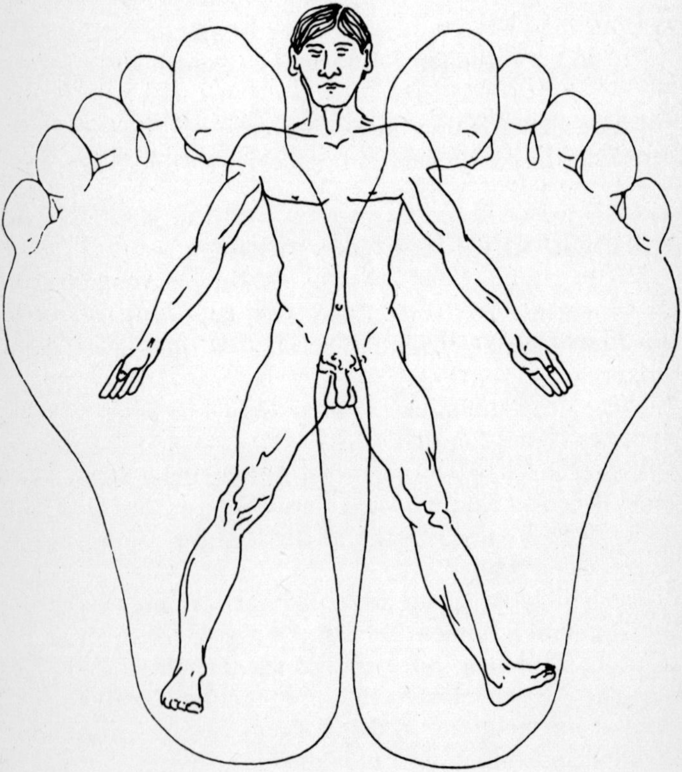

schen wiedergibt, vorausgesetzt, du hast dir das Bild vorurteilsfrei, ohne „Kopf" und eigene Vorstellungen kommen lassen. Dieses Symbol ist *dein* Symbol, der Inhalt, der dadurch vermittelt wird, ist im Fuß selbst. Das Bild ist eine Übersetzung seiner energetischen Struktur.

Es gibt verschiedene Möglichkeiten der Wahrnehmung auf der Energieebene.

Einige fühlen und erspüren die Energie, andere wiederum sehen sie, wieder andere wissen wo und wie sie ist, ohne sie zu sehen oder zu spüren. Gleich welcher Art du wahrnimmst, ausschlaggebend ist deine Fähigkeit, dich von Vorurteilen, Vorempfindungen und von deiner eigenen Subjektivität frei zu machen, um dem unbeteiligten Beobachter in dir Raum zum Erkennen zu geben.

Ein gesunder, heiler Fuß wird vor deinem inneren Auge, dem Beobachter, keine näher bestimmbare Struktur annehmen, außer dem biologischen Aufbau und dem Fließen von Lebensenergie.

Jede Abweichung von diesem gesunden, heilen Energieverlauf ist ein Anzeichen für einen blockierten Energiefluß und damit deutet es auf einen vorhandenen Mechanismus hin.

Die Energie der Füße erfahren

In den Füßen finden wir, entsprechend ihrer Organentsprechungen, die grundlegenden und grundsätzlichen Mechanismen wieder, die sich auf der Energieebene des Körpers befinden. Wir können sie über die Füße erreichen.

Mit Hilfe der Polarity-Fußarbeit können wir diese Mechanismen erkennen, aktivieren, erleben, also ins Bewußtsein zurückrufen, ihre Wirksamkeit entschärfen und in fortgesetzter Polarityarbeit ganz auflösen.

Horizontale Entsprechungen

In der horizontalen Aufteilung des Fußes entspricht der Fersenbereich unserer Erdhaftigkeit. Dieser Bereich informiert über unsere Anhaftung an der irdischen Existenz, bzw. über unsere Freiheit davon, vermittelt durch die Festigkeit oder Losgelöstheit der Ferse.

Der Mittelfuß entspricht dem Lebensinhalt, dieser Bereich des Fußes spiegelt den inneren und äußeren Lebenszustand, die Lebensqualität des Betreffenden wieder.

Der Bereich zwischen Vorderballen und Zehen und die Zehen selbst entsprechen den geistigen Prinzipien.

Der vordere Bereich des Fußes gibt Aufschluß über die Qualität des geistigen Realitätsbezuges. Die meisten Menschen haben zumindest kalte Zehen. Der Geist ist dann „unterkühlt", er hat zu wenig Energie, um an die Realität, die Erde, angeschlossen zu sein.

Horizontale Entsprechungen

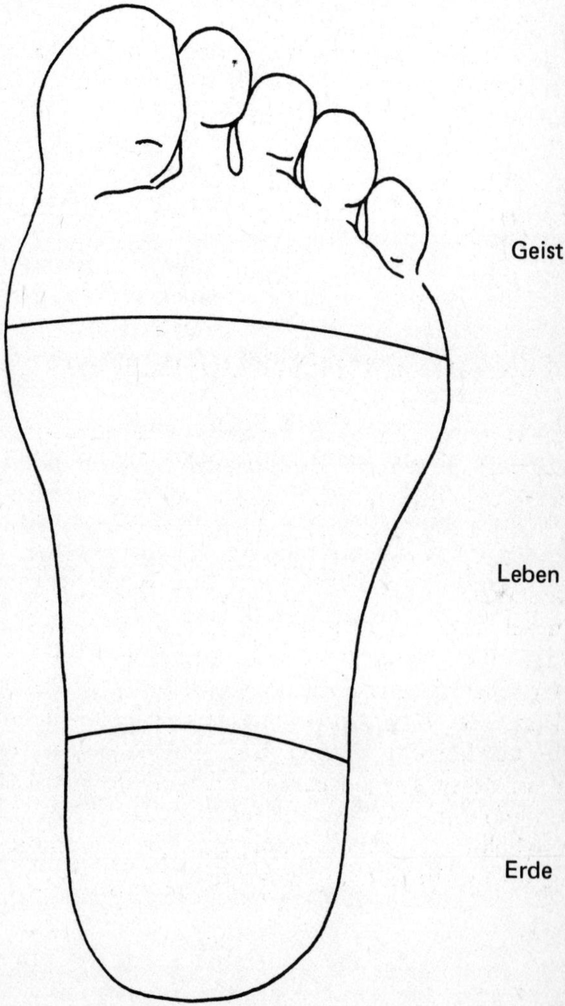

Inhaltliche Entsprechungen von linkem und rechtem Fuß

Der linke Fuß beinhaltet das gesamte *latente* Potential und die gesamten latenten Lebensfragestellungen sowie die damit verbundenen Probleme des Menschen. Dieser Fuß bringt die Vergangenheit mit, die der rechte Fuß im gegenwärtigen Augenblick, richtungsweisend für die Zukunft, umsetzt. Der rechte Fuß gestaltet die Welt, die im linken latent angelegt ist.

Ist in der Ferse des linken Fußes eine Anormalität vorhanden, im rechten dagegen nicht, ist eine Problemstellung erdhafter Art angelegt, jedoch noch nicht aktualisiert. Ist diese Problemstellung im rechten Fuß sichtbar, und auf energetischer Ebene vorhanden, bestimmt diese konkrete, nicht aufgelöste Fragestellung die derzeitige Ausdrucksform des Menschen und gibt richtungsweisend den Weg für die Zukunft an.

Der linke Fuß bringt die Vergangenheit in die Gegenwart, der rechte Fuß nimmt die Fragestellungen, wenn sie nicht aufgelöst, daß heißt gelebt sind, mit in die Zukunft.

Das Jetzt ist der Dreh- und Angelpunkt, wo sich Vergangenheit und Zukunft treffen.

Vertikale Entsprechungen

Der innere Teil des linken Fußes und der innere des rechten Fußes repräsentieren bei der vertikalen Aufteilung das Passive, das Innere, das Yin-Prinzip. Die äußeren Teile der Füße sind durch Yang-Beschaffenheit gekennzeichnet.

Der Yin-Teil des Fußes beinhaltet auf der Ebene der Reflexzonen die Wirbelsäule, die inneren Organe, und

Vertikale Entsprechungen

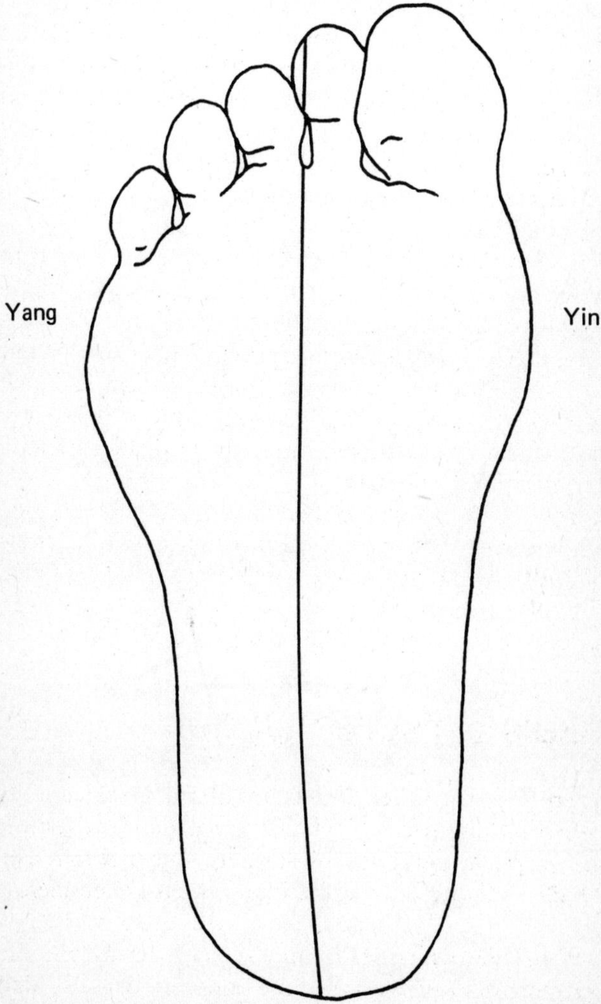

Gesamtübersicht: Entsprechungen

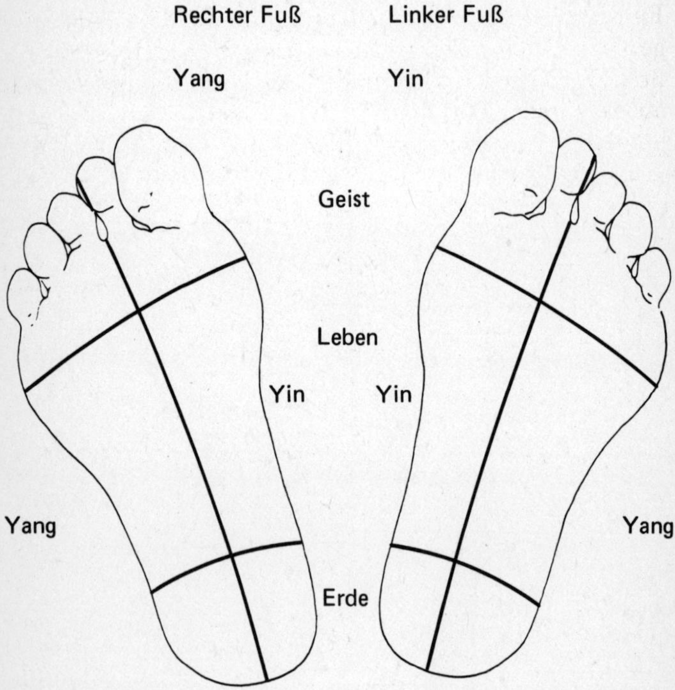

Jetzt	Jetzt
Zukunft	Vergangenheit
Aktivität	Passivität
akut	latent
gestaltend	auflösend

Drüsen. Dieser Bereich des Fußes ist durch seine, im Verhältnis zur Außenkante, relative Weichheit gekennzeichnet. Weiterhin hat diese Hälfte des Fußes durch ihre Wölbung einen gewissen Abstand zur Erde, eine Distanz zum weltlichen Geschehen.

Anders die Außenkante der Füße: Bei einem gesunden Fuß ist der vollkommene Kontakt zur Erde, zur Realität gegeben. Dieser Teil ist härter als die Innenseite des Fußes. Hier liegen auch einige Reflexpunkte, die sich auf äußere Organe beziehen.

Energiepunkte (Die Elemente)

Lebensenergie (Feuer)

Der auf der Zeichnung (S. 29 a) gekennzeichnete Bereich hat weder Yin- noch Yang-Charakter. Es ist der Bereich der konzentrierten Lebensenergie. Er ist neutral, weder positiv noch negativ geladen. In diesem Punkt liegt die Ur-Substanz allen Lebens verborgen.

Dieser Punkt repräsentiert das Leben, die Lebendigkeit in der Materie und im Menschen. Er liegt bezeichnenderweise auf der trennenden und damit gleichzeitig verbindenden Linie des erdhaften Bereichs und des Bereichs des Lebens des Menschen.

Er tangiert zu gleichen Teilen die Yin- und Yang-Hälfte des Fußes.

Bewußtheit (Wasser)

Ein anderer Bereich des Fußes, der weder Yin noch Yang-Ladung aufweist, ist der Punkt der Bewußtheit/Klarheit. (Zeichnung S. 29 b)

Er liegt auf der vertikalen Berührungs-/Trennungslinie von Geist- und Lebensbereich.

Viele haben in diesem Bereich eine stärkere, unflexible Hornhaut. Das kann man als einen Hinweis auf eine nicht voll entwickelte Bewußtheit, als eine Weigerung ansehen, die Bewußtheit auf irdische, alltägliche Dinge auszuweiten. Eine Verspannung in diesem Bereich ist ein Zeichen von mangelnder Bewußtheit oder einer „bewußten" geistigen Distanzierung, einem Rückzug rigider Art von weltlichen Dingen.

Der Punkt der Bewußtheit (Wasser)

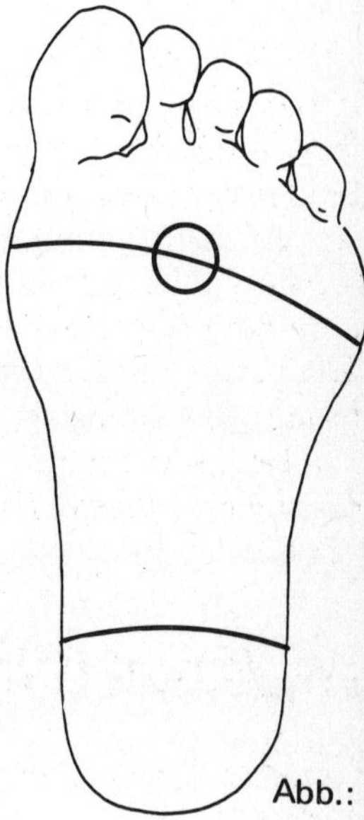

Abb.: b

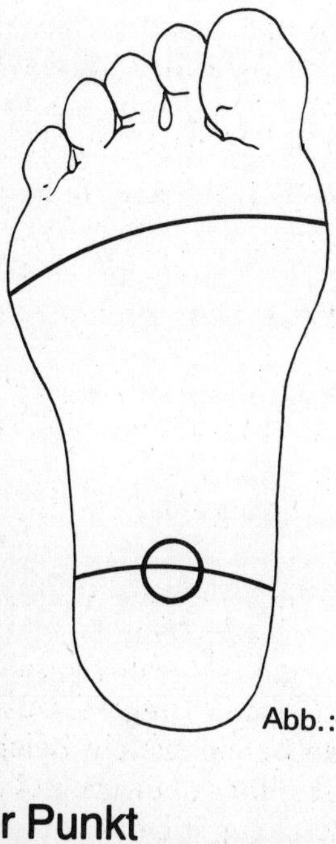

Abb.: a

Der Punkt der Lebensenergie (Feuer)

Materie (Erde)

Der Materiepunkt liegt oberhalb des Knöchels, dort, wo die Achillessehne in den Muskel der Wade übergeht (Zeichnung S. 31).

Die *reine* Materie ist unabhängig von unserem Leben, sie ist jedoch die unabdingliche Voraussetzung für die Verwirklichung des menschlichen Lebens. Die *reine* Materie ist eine in sich ruhende Schwingungsfrequenz, ohne Leben, jedoch nicht leblos, ohne Bewußtheit, aber mit einem ihr eigenen Geist.

Jede Materie, wie wir sie im täglichen Leben kennen, hat eine eigene Schwingungsfrequenz. Jedes Gegenständliche ist Teil und Ausdruck dieser Urmaterie. Eine Blume hat eine andere als ein Stein, der Mensch eine andere als ein Tier.

Die eine Schwingung ist schneller, die andere langsamer, die eine ist feiner, die andere grober. Sie unterscheiden sich in der Entfernung der Partikel zueinander und in der Geschwindigkeit, in der sie die Entfernung voneinander zurücklegen.

Dieses Bild beschreibt die schon gestaltete Materiekraft. Sie ist entsprechend dem geistig-genetischen Code ausgeformt.

Fallen nun alle Zwischenräume, alle Entfernungen weg, ist das, was bleibt, die reine Materie. Aus dieser Dichte der Materie entsteht in der Gegenbewegung wiederum die Vielfalt des Lebens. Diese Materie-Urkraft können wir als den vorgenetischen Code sehen, als das Potential zu allem Gestalteten. Es ist der Materie-Nullpunkt mit allen gestalterischen Möglichkeiten, unbegrenzt, ohne Information über das Zukünftige oder Vergangene.

Wird dieser Punkt am Ende der Achillessehne und am Anfang der Wadenmuskulatur gedrückt, wird es kaum

Der Punkt der Materie (Erde)

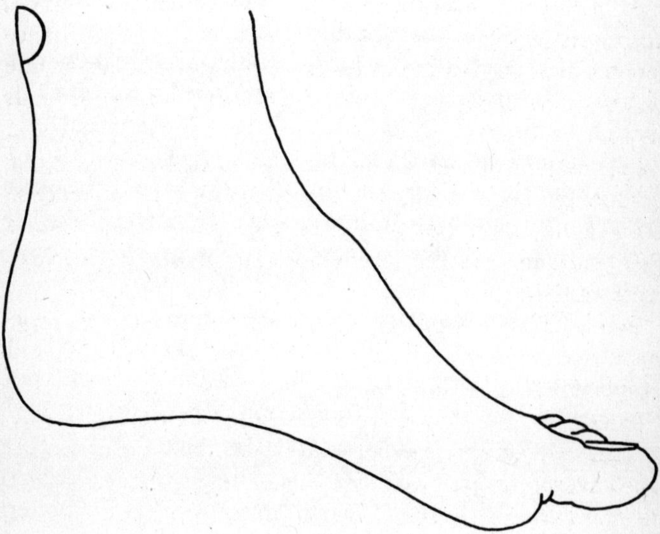

einen Menschen geben, der nicht von irgendwelchen Reaktionen zu berichten weiß.

Der Druck auf diesen Punkt löst meist Schmerzen oder das Bewußtsein von Empfindungslosigkeit aus. Der Massierende fühlt auf der Körperebene oft eine zu starke oder kaum vorhandene Spannung. Ist diese Stelle weich, ohne eindeutige Struktur, kann man davon ausgehen, daß dieser Mensch von der Urkraft der Materie abgeschnitten ist. Ist diese Stelle überspannt, so fest wie Stahl, ohne Bewegungsmöglichkeit in sich selbst, ist dieser Mensch eingefangen in der Materie. Er hat keine eigene Bewegungsmöglichkeit mehr. Die Bewegung, die Art des Bewegungsablaufs und das Ziel der Bewegung werden von sogenannten Sachzwängen diktiert.

Im ersten Fall ist es so, um bildlich zu sprechen, daß der Mensch nicht genügend zu gestaltendes Material erreichen kann, weil er zu weit von der Materie entfernt ist, und im zweiten Fall läßt der energetische Zustand dieses Punktes es nicht zu, daß neue, kreative Schöpfungen gestaltet, sondern immer wieder die alten festgeleggten, unkreativen Muster im Wiederholungsprozeß erneuert werden.

Ein gesunder Materiepunkt gibt dem Menschen unbegrenzte, gestalterische Möglichkeiten, unerschütterliche Sicherheit und Beständigkeit und die Möglichkeit, sich durch eine umfassende, unerschöpfliche Kreativität in der und durch die Materie zu verwirklichen.

Sein (Luft)

Der Energiepunkt des Seins liegt vor dem Fuß, etwa zwei Zentimeter vor dem mittleren Zehen und hat einen Durchmesser von ungefähr zweieinhalb Zentimetern (Zeichnung S. 33). Dieser Punkt ist ebenfalls weder durch

Der Punkt des Seins (Luft)

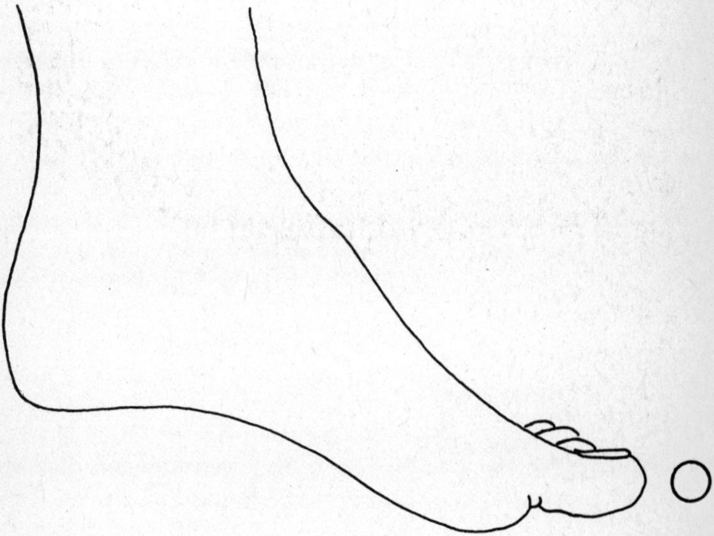

Yin-Charakter noch Yang-Charakter gekennzeichnet. Er ist in sich so vollkommen wie die anderen drei reinen Energiearten.

Befindet sich die Energie dieses Punktes in ihrem nichtdefinierbaren Urzustand, ist der Mensch heil, an seinem Lebensziel angekommen. Der Mensch in diesem Zustand ist ebenfalls nicht mehr definierbar, er ist Alles und Nichts, unbegrenzt und jetzt.

Unausgeglichenheiten in und um diesen Punkt weisen auf Unausgeglichenheiten in seinem Seinszustand, auf grundsätzliche Lebensfragestellungen hin. Es sind die essentiellen Fragestellungen auf dem Lebensweg im Jetzt des Menschen an den Menschen.

Vor dem linken Fuß sind entsprechend seiner Yin- Zuordung (siehe Seite 26) die Fragestellungen zu finden, die aus der Vergangenheit ins Jetzt mitgebracht werden und vor dem rechten Fuß, entsprechend seiner Yang-Zuordung (siehe Seite 26) die im Jetzt zukunftsweisend vor ihm liegen.

Beide Punkte sind erst dann in der Ordnung, d.h. in ihrem Urzustand, wenn die alten Fragestellungen und die aktuellen, neuen Fragestellungen beantwortet und gelöst sind.

Erleuchtung

Dieser Punkt liegt bei jedem in unterschiedlicher Entfernung vor den Füßen. Er liegt auf jedem Lebensweg.

Der Abstand des Menschen (der Füße) von diesem Punkt mag die „Länge" des Weges symbolisieren, die noch bis zu dieser Energieform zurückgelegt werden muß.

Dieser Punkt, diese Energie, ist immer ohne irgendwelche Beeinträchtigungen, da ein Mensch mit „Makeln" ihn nicht erreichen kann. Er muß zuvor sein Sein im Urzustand leben.

Allen, in diesen Punkten angelegten, Energieformen sind einige Kriterien gemeinsam.

1. Sie sind nicht definierbar.
2. Sie sind unbegrenzt.
3. Sie sind nur im Jetzt.
4. Sie sind, außer dem Erleuchtungszustand, verschiedene Ausprägungen und Wege einer Einheit.
5. Sie sind sie selbst.
6. Sie sind erfahrbar.

Diese Urzustände der Energien sind immer in ihrer Reinheit vorhanden. Was uns an ihrer Erfahrung hindert, ist die festsitzende, festgehaltene Energie in uns.

Es ist die Anbindung – Distanziertheit im Bereich der Materie.

Es ist die Einengung – Überspontaneität im Bereich der Energie.

Es ist die Kontrolle – Dumpfheit im Bereich der Bewußtheit.

Es ist die Ablehnung – Gier im Bereich des Seins.

Es ist die vermeintliche Entfernung oder Nähe im Bereich der Erleuchtung.

Die für uns Menschen am einfachsten zu erreichende Energieart ist die der Lebensenergie, die alles umfaßt. Mit ihrer Hilfe und nach ihren Gesetzmäßigkeiten können wir uns nach und nach aus den Blockierungen befreien.

Bei der Polarityarbeit mit den Füßen gehen wir die grundsätzlichen und grundlegenden Blockierungen an, lösen sie mit Hilfe der und durch die Lebensenergie aus der Anbindung – Distanziertheit von Materie, machen sie bewußt, indem wir die Kontrolle – Dumpfheit lösen und sie in ihrer Realität erkennen und wir uns in unserem Sein erkennen – auf dem „Weg" zur Erleuchtung.

3.

Energieausgleich über die Füße

Energieausgleich über die Füße

Die Füße sind für den Menschen das „Hauptorgan", um den inneren Energiehaushalt auszugleichen und den Energieausgleich mit der Erde herzustellen.

Über die Füße kann bei energetischer Unterversorgung die fehlende Energie aufgenommen werden, oder, bei Energieüberladung, die überflüssige, festsitzende Energie abgegeben werden.

Sie sind die grundsätzlichen Energieregulatoren des Körpers, da sie zum einen den gesamten Energiezustand des Körpers widerspiegeln, und zum anderen den direkten und nächsten Kontakt zur Erde halten.

Zwischen den Polen von Yin (Erde) und Yang (Mensch) ist ein stetes Fließen, ein stetiger Austausch der Kräfte, was jeden Pol in seinem Bestand, in seinem So-Sein erhält.

Andererseits verschmelzen die Pole im Laufe der energetischen Entwicklung, lösen sich in fließender Energie auf, entstehen und vergehen aber auch jeden Augenblick aufs Neue.

Die Erde bietet sich jeden Augenblick zu diesem Austausch alleine durch ihre Existenz an. Nur der Mensch hat oft Schwierigkeiten, sich auf die Erde, die Realität einzulassen. Die meisten distanzieren sich von der Materie, deklarieren ihr Leben als unabhängig davon und entwickeln so eine immer größere Distanz zu ihrem Körper, ihrer Umwelt, ihren Mitmenschen und zu sich selbst.

Sie werden immer kopflastiger, versuchen Fragestellungen, die die Materie auf ihrem Lebensweg an sie stellt, durch den Kopf, mit übermäßigen Denkleistungen zu lösen, achten nicht auf die Signale ihres Körpers, kommen nicht mit ihm zurecht, und lehnen ihn als ein lästiges, mit Schwierigkeiten und Ängsten belastetes *Ding* ab.

Je weiter sich der menschliche Geist von der Materie, der Körperlichkeit zurückzieht, desto gefühlsloser, kranker und unmenschlicher wird der gesamte Mensch. Körperempfindungen und tiefere Gefühle werden abgespalten, aufkommende Gefühls- und Körperregungen als irrational abgetan.

Der direkte Kontakt mit sich selbst und der Welt wird durch Kopflastigkeit und der damit verbundenen Phantasterei einer privaten Vorstellungswelt ersetzt.

Kommen Körper und Geist zusammen, machen sie in und durch ihre Einheit den Menschen zu einem lebensfähigen, sozialen Mitmenschen, der *sein* Leben lebt und *seinen* Weg geht, in voller Verantwortlichkeit, die für ihn keine Last bedeutet.

Körper und Geist sind dann keine feindlich gesonnenen Antagonisten, keine voneinander getrennten Dualitäten mehr, sondern sie sind zur Körper-Geist-Einheit geworden, miteinander verschmolzen in beiderseitigem Dienste.

Sind Körper und Geist in einem Prozeß zu ihrer natürlichen Einheit zurückgekehrt, ist der Mensch im Körper-Geist verwirklicht, liegt der Schwerpunkt des Erlebens und Lebens nicht mehr in geistiger, vom Körper abgetrennter Phantasie, oder in körperlicher, auf sofortiger Befriedigung ausgerichteter Spontaneität, sondern in der Anerkennung und im Erhalt der Körper-Geist-Einheit.

Da die energetischen Blockierungen (Störungen, Kämpfe) in beiden Bereichen aufgehoben und beseitigt sind, ist ein allgemeines, grundsätzliches Wohlbefinden die Folge.

Die Einheit von Körpersprache und geistigem Ausdruck ist das nach außen sichtbare, für andere Menschen erlebbare Anzeichen der inneren Harmonie.

Die Bewegungen eines Körper-Geist-Menschen sind anmutig, ungehemmt und eindeutig. Dieser Mensch lebt die Körper-Geist-Einheit.

Der Körper-Geist-Mensch hat die Materieverhaftung überwunden, indem er sich auf sie einließ und sie in ihrer Bedingtheit verwirklichte. Er hat das Diktat der beschränkenden und hemmenden, unverwirklichten Gedanken hinter sich gelassen, indem er ihnen wortwörtlich freien Lauf ließ.

Ist die Körper-Geist-Einheit erreicht und stabil, findet der Mensch seinen Platz in der Welt und in sich selbst. Die inneren und äußeren Konflikte verringern sich spürbar, die Kommunikation mit anderen läuft nicht mehr schwerpunktmäßig über Kopf oder Körper, ist diskussionsloser, einfacher und ungehemmter.

Der Mensch ist reif, angstfrei und erwachsen geworden.

Diese Lebensqualität in nur einem Bereich, Körper (Gefühl) oder Geist (Verstand), erfassen zu wollen und zu können, halte ich für unmöglich, da durch die Körper-Geist-Einheit eine innere und äußere Stabilität erreicht wird, die weder Körper noch Geist für sich alleine erfassen und realisieren können. Im Herz ist die Sehnsucht und der Wunsch nach dieser Einheit vorhanden. Sehnsucht und Wunsch des Herzens können aber eine Ahnung und einen kurzen Einblick in diese Körper-Geist-Einheit gewähren.

Die Füße sind für den Entwicklungsprozeß zur Körper-Geist-Einheit von grundlegender Bedeutung. Sie sind die Nahtstelle zwischen Erde (Yin) und Mensch (Yang), und sie sind der Yin-Pol zum Yang-Pol, dem Kopf.

Wenn Energie zwischen den Polen Yin und Yang auf der energetischen Ebene, ungehindert durch Blockaden, fließen kann, so sind die echten, natürlichen Polaritäten für diesen Menschen verwirklicht. Die Pole sind in Harmonie mit ihrem jeweiligen Gegenpart zu ihrer ursprünglichen Bestimmung und vollen Funktion gekommen.

Der Mensch ist zu der inneren Einheit* „Kopf-Füße" und zur äußeren Harmonie* „Geist-Materie" gekommen.

Über und mit den Füßen läßt sich der Prozeß zur Körper-Geist-Einheit verwirklichen. Zur Verwirklichung bieten sich zwei ergänzende Wege an:

Es gibt den Weg über Einzelübungen und den Weg über die Partnermassage. (Die Polaritymassage wird an anderer Stelle des Buches ausführlich besprochen und vorgestellt.) Auf den folgenden Seiten werde ich die Einzelübungen darstellen.

---

*Die Begriffe Einheit, Harmonie usw ... geben jeweils nur einen Aspekt der Körper-Geist-Einheit wieder. Sie beschreiben diesen spezifischen Zustand aus einem bestimmten Blickwinkel heraus.

Gehen

Wir gehen mit unseren Füßen.

Diese einfache und präzise Aussage wird jeder unterschreiben können. Daß wir auf Füßen gehen, trifft auch, rein anatomisch betrachtet, ohne weiteres zu, doch bei näherem Hinsehen erkennt man, daß viele mit dem Kopf, den Schultern, dem Becken oder dem Bauch gehen. Den Füßen kommt dann nur die rein äußerlich tragende und bewegende Funktion zu.

Die Füße verwirklichen dann nicht das ihnen innewohnende Potential (den wirklichen Lebensweg zu gehen), sondern sie geben den Befehlen und Inhalten anderer „übergeordneter" Körperteile Gestalt. Dementsprechend wird jemand ohne Bewußtsein der Füße einen, aber jedenfalls nicht *seinen* Lebensweg gehen. Der Lebensweg wird entsprechend der Inhalte des befehlenden Körperteils gefärbt sein.

Da der Körper auf allen Ebenen seine Entsprechungen in den Füßen findet, ist auch die Über- oder Unterbetonung eines Körperteils mit seinen entsprechenden Informationen in den Füßen als höhere oder mindere Belastung bestimmter Teilbereiche des Fußes, damit in der Fußhaltung und Fußform und schließlich auf der Energiebene, in ihrer Struktur, wiederzufinden. Stärkere oder mindere Belastung eines Fußes, die Form des Fußes, die Energiestruktur, Form und Inhalt des reflektierten Körperteils sind bis zu einem gewissen Grad voneinander abhängig.

Ist die körperlich-biologische Form des Fußes irreparabel, besteht für den Menschen die Möglichkeit, sich auf der inhaltlichen und energetischen Ebene davon zu lösen.

Es wird die Trennung Kopf-Körper genauso in den Füßen widergespiegelt sein wie die Energie- und Emotionsüberladung innerer Organe oder Extremitäten. Die Veränderungen der harmonischen Struktur im Menschen/Körper/Fuß machen sich im Gang latent im linken, und jetzt im Augenblick und richtungsweisend im rechten Fuß auf den Ebenen Gewichtsverteilung, Form und Energiestruktur bestimmend bemerkbar.

An der inneren und äußeren Harmonie der Füße läßt sich der Grad der Entwicklung zur Harmonie ablesen.

In Harmonie gehen

Der Weg in die Harmonie ist das innere *harmonische* Bestreben, in die Harmonie zu gelangen, die augenblicklichen Blockaden (seiner selbst) zu erkennen, sich ihnen zu stellen und sie aufzulösen (Yang) oder sie loszulassen (Yin).

Ist die vollkommene Harmonie, die Anmut, das vollkommene Gleichgewicht erreicht, hört jedes subjektive Denken, Fühlen, Handeln, also alles Unwohlsein und Leid auf zu existieren. Die täglichen Kümmernisse haben ihre Brisanz verloren und das „Wissen" ist entwickelt, daß sie ohne Zweifel auszuräumen sind.

Der Mensch in Harmonie ist Licht, Kraft, Bewußtheit und gleichermaßen Körper und Geist. Jede Unterscheidung zwischen den Qualitäten Körper und Geist ist aufgehoben, da alle Polaritäten in ihm zur Einheit, zum Fließen gekommen sind.

Eine einfach und leicht auszuführende Variante, in Harmonie zu kommen, ist das Gehen mit der inneren, vom Herz ausgehenden Einstellung, diese zu verwirklichen.

Ganz gleich wo du auch gehst, wesentlich ist nur deine innere vom Herzen kommende Einstellung, dein inneres Bestreben, mit Harmonie in *die* Harmonie zu gelangen.

So entdeckst du die deinem Lebensweg zugrunde liegenden Mechanismen, Blockaden und Hindernisse, die dann durch Bewußtheit, durch die Lebensenergie, die Lebensbejahung, und durch die Einstellung zur Harmonie mit der Zeit aufgelöst werden.

Übung: Harmonie empfinden

Stelle dich, möglichst ohne Schuhe, hin und lasse die Aufmerksamkeit in die Füße gehen. Nimm deine Füße bewußt wahr, so wie sie jetzt sind. Wenn du ganz in deinen Füßen bist, dann gehe. Du kannst dich von deinen Füßen zur Harmonie leiten lassen (Yin) oder du kannst zielbewußt (Yang) die Harmonie ansteuern.

Beide „Techniken" sind angemessen und führen zur Harmonie, da mit beiden die Mechanismen und somit Behinderungen des Lebensweges erkannt, aktiviert und aufgelöst werden können.

Das Ergebnis ist das gleiche: Harmonie, die weder Yin noch Yang ist, sondern beide Kräfte in gleichem Maße vereint.

Es ist das stete Fließen des Lebens.

Erden

Im Stehen werden die verschiedenen Teile des Fußes von den meisten Menschen nicht adäquat belastet.

Die unterschiedliche Belastung des Fußes gibt Aufschluß über das Verhältnis bestimmter Persönlichkeitsbereiche zum Lebensweg. Gesamt gesehen zeigt die Bodenhaftung die Qualität der Erdung des *ganzen* Menschen an. Die Qualität der Erdung wird auch durch die Empfindungsfähigkeit des Fußes mitbestimmt. Ist der Fuß an bestimmten Stellen oder auch insgesamt relativ empfindungslos, steht aber augenscheinlich fest auf dem Boden (der Tatsachen), dann ist dennoch keine wirklich feste, beständige Erdung vorhanden.

Erdung ergibt sich aus:

a) dem Bodenkontakt des Fußes

b) dem Energiefluß zwischen Erde und Mensch.

Am aussagekräftigsten ist dabei die energetische Verbindung von Erde – Mensch, da sie von umfassenderer Natur, tiefergehend und wesent-licher ist.

Auf dieser Ebene kann man sich innerlich von vielleicht nicht mehr veränderbaren Umständen (Krankheiten, Deformationen) unabhängiger machen, körperliche Mißstände transformieren und sich auf geistigem Wege zum vollkommenen (nicht perfekten!) Menschen entwickeln.

Damit rede ich keiner Entwicklung, die den Körper außer acht lassen sollte, das Wort, das ist hier auf dem Planeten Erde nicht möglich, da jede Körperlichkeit, gleich welchen Zustand sie eingenommen hat, immer die Grundlage für eine Entwicklung zum ausgeglichenen, harmonischen Menschen bilden muß.

Hier ist die Einsicht in die Bedingtheit der Materie und damit auch des Körpers gemeint, die jeder, der sich bewußt entwickeln will, früher oder später akzeptieren muß, um „weitergehen" zu können.

Jede Körperlichkeit und erst recht körperliche Anomalität verführen oft schon alleine durch ihre Existenz zu einem Anhaften und einem gleichzeitigen Bekämpfen dieser Tatsachen und damit zu einem Leiden, das erst überwunden werden kann, wenn der Mensch sich *ganz* auf seine Basis, die Materie, die Körperlichkeit besinnt, und sich darauf einläßt. Erst dann ist der Mensch trotz eventueller Mißbildungen in seinem Körper-Geist-Sein.

Anhaften und gleichzeitiges Bekämpfen
hemmen die Entwicklung, nicht die
Krankheit oder Mißbildung selbst.

Der Mensch ist heil, wenn Körper und Geist in Harmonie mit Denken, Fühlen und Handeln ist. Dieser Zustand kann also auch erreicht werden, wenn auf der körperlichen Seite irreparable Defekte sind.

Zu dieser Einswerdung Körper/Materie und Geist leistet die energetische Verwurzelung einen, vielleicht sogar *den* Beitrag.

Der Prozeß der Verwurzelung (energetischen Erdung) ist der Prozeß, in dem Körper und Geist eine Einheit werden.

Polarity braucht also keine Krankheit heilen. Polarity leistet einen Beitrag zum Ganzwerden durch das Auflösen und das gleichzeitige Vereinen der geistigen und materiellen Polaritäten (geistige und körperliche Be-dingungen) ähnlich wie Yoga, Tai-Chi und Makrobiotik.

Ist die energetische Polarität Mensch-Erde aufgehoben, verwirklicht in Harmonie, *ist* der Mensch geerdet, indem er die Erde und seinen persönlichen Geist überwunden hat. Der Mensch ist ohne Grund-Angst, steht mit beiden Beinen im Leben – er ist im Leben, er ist das Leben selbst.

Übung: Energieausgleich im Stehen

Stelle dich mit möglichst gleichmäßiger Gewichtsverteilung auf beide Füße.

Lasse deine Aufmerksamkeit zu den Füßen gehen und schaue sie dir mit dem inneren Auge an.

Lasse dann aus deinen Füßen Wurzeln wachsen. Schau, ob du sie mit deinem inneren Auge sehen kannst.

Sie reichen mehr oder weniger tief in die Erde unter dir. Vielleicht ist dies das erste Mal, daß du deine Wurzeln siehst.

So wie die Wurzeln sind, so stehst du, so *bist* du im Leben.

So bist du im Leben: entsprechend der Stärke, der Länge, der Farbe und der Verbundenheit mit der Erde, die die Wurzeln umgibt.

Es ist das Bild deiner Lebendigkeit, deiner Bewußtheit, deiner Materie (Realitäts)-verbundenheit und deines Seinszustandes.

Wie der Mensch „unten" wächst, so entwickelt er sich „oben".

Die Art der Wurzeln zeigt unmißverständlich den Reifegrad des ganzen Menschen an.

Ein Selbstbetrug ist hier nicht möglich, da die Beschaffenheit der Wurzeln weder durch Willen noch durch irgendeine Manipulation beeinflußbar ist.

Eine Veränderung der Wurzeln in Richtung Stärke, Tiefe oder Verbundenheit ist nur dann möglich, wenn man im Leben stärker, tiefer, dem Leben selbst mehr verbunden ist.

Umgekehrt verhält es sich genauso, eine Verschlechterung des Wurzelzustandes bedeutet eine relative Entwurzelung, der ein „Nein" zum Leben vorausgegangen ist.

Die Wurzeln sind der Indikator für die Lebensqualität.

Jeder kann seine Wurzeln (sich) wachsen lassen, bis sie den leuchtenden Mittelpunkt der Erde erreicht haben, in dem sie sich verankern können. Die Wurzeln können wachsen, bis sie den hell leuchtenden Mittelpunkt der Erde erreicht haben. Diese helle Kugel ist die Yang-Ladung der Erde, die im Prinzip dem Menschen gegenüber Yin-Ladung ist. Doch es existiert kein Yin oder Yang, das in seinem tiefsten Kern nicht die energetische Ladung seines Gegenpols in sich trägt.

Sind die Wurzeln mit dem hellen Kern verbunden, macht der Mensch einen Entwicklungssprung, der sich durch mehr Harmonie und intensiveres Harmoniebestreben bemerkbar macht. Man ist dann mit den beiden Urkräften Yin und Yang verbunden und es erschließt sich zugleich ein weiteres Ziel, die endgültige Harmonie der Kräfte.

Der Entwicklungsprozeß der Wurzeln setzt sich dann in umgekehrter Richtung weiter fort, bis die Polaritäten „hier Erde – da Mensch" aufgehoben sind und nur noch Harmonie und stetiger Fluß der Energie vorhanden ist.

Das Verwurzeln ist ein Hilfsmittel, ein roter Faden, ein zuverlässiger Spiegel, mit dessen Hilfe die Entwicklung zur Lebendigkeit, zum Leben, gefördert, erlebt und möglich gemacht werden kann.

Diese Lebendigkeit erreicht nur der, der sich von allen Leitbildern, von allen Vorstellungen und damit von seiner Ich-Haftigkeit löst.

4.

Der Körper-Geist-Zustand des Menschen und des Fußes

Der Körper-Geist-Zustand des Menschen und des Fußes

Veränderungen und Auffälligkeiten an den Füßen sagen durch die Art ihres Erscheinens und durch den Bereich, in dem sie auftreten, Genaueres über den inneren Zustand des Menschen aus.

Häufig vorkommende Auffälligkeiten möchte ich in Form und Inhalt vorstellen.

Fußtonus

Der Fußtonus gibt Aufschluß über die innere Vitalität und Spannkraft eines Menschen.

Nimm mit der rechten Hand die Ferse eines Fußes und bewege den Fuß durch die Ferse einige Male hin und her.

Du bekommst sofort einen Eindruck von der inneren Spannkraft des Fußes und damit des gesamten Menschen.

Ist die Bewegung zu locker, ohne innere Vitalität, kannst du davon ausgehen, daß dieser Mensch ebenso ohne Vitalität, ohne eigene Initiative, ohne kreative Spontaneität ist, und er kraft- und energielos lebt.

Ist die Bewegung des Fußes hart und eckig oder in sich unbeweglich, lebt derjenige wie in Form gegossen. Er hat in sich und in seinem Leben zu feste Strukturen, die ihn halten so wie er sie festhält, aus lauter Angst, er könne die Herrschaft über sein Leben verlieren und er

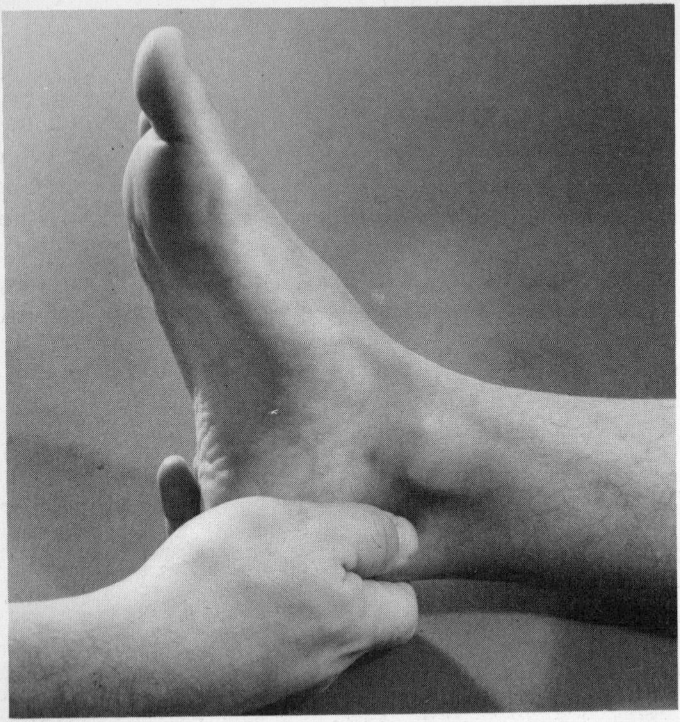

Bild A: Rechte Hand hält die Ferse eines Fußes

könnte in „Schlechtes" abgleiten. Daß heißt, er denkt insgeheim von sich, schlecht zu sein. Nur: durch das Beherrschen-Wollen, und Festhalten-Wollen, werden erst die Konflikte ins Leben und in die Welt gesetzt, die gerade durch das Festhalten vermieden werden sollten.

Hat der Fuß keinen eindeutigen Bewegungstonus, wirkt er schwammig und unfertig, so kann man dies auch auf den ganzen Menschen übertragen.

Das Leben ist dann freudlos und undifferenziert.

Fußmuskulatur

Die Fußmuskulatur hängt eng mit dem Fußtonus zusammen. So ist z.B. kein Fuß mit lockerem Tonus und einer verhärteten Fußmuskulatur zu finden, weil die Art der Energieverteilung und der Energiefluß sich im Zustand der Muskeln widerspiegelt.

Den Zustand der Fußmuskulatur kannst du durch Tasten unter leichtem Druck erfahren. Du wirst schnell ein Gefühl dafür bekommen, welche Muskelpartien im Fuß unter- oder überspannt sind. Manche Muskeln können zu dünn, andere wie aufgeblasen wirken.

Der Zustand der Fuß-Muskulatur gibt den grundsätzlichen psycho-somatischen Zustand des Teils im Menschen wieder, der hier repräsentiert wird. (Siehe Abbildung Seite 20)

Sehnen

Der Fuß ist reich mit Sehnen ausgestattet, sie sind ein Teil des Bewegungsapparates. Sie sind Bindeglieder zwischen Muskulatur und Knochenbau. Als Spiegel des Körpers geben sie ein Abbild der inneren Beweglichkeit und der inneren Verbundenheit wieder.

Wichtig in diesem Zusammenhang ist die Achillessehne und der Flexor hallucis longus.

Flexor hallucis longus

Der Flexor hallucis ist im Fuß die Sehne, die die Ferse mit dem Großen Zeh verbindet und in einem gesunden Fuß für die Wölbung des Fußes und damit für einen gesunden Bodenkontakt von Ferse, Ballen und Zehen sorgt.

Diese Sehne spiegelt auf der körperlichen Ebene die Verbundenheit Kopf – Becken und auf einer „höheren" energetischen Ebene den Zustand von Geist – Leben (Gefühl) und – Erdverbundenheit wieder.

Am Verlauf dieser Sehne lassen sich viele, manchmal sehr schmerzhafte Punkte finden, die eine Störung des Verhältnisses dieser drei Qualitäten beinhalten.

Achillessehne

Die Achillessehne macht den Fuß erst beweglich und brauchbar. Sie ist die Verbindung von der Wadenmuskulatur zur Ferse. Sie repräsentiert auf einer Ebene die Erdverbundenheit, daş „In-sich-Ruhen", auf einer anderen Ebene spiegelt sie die Verbindung Mensch – Außenwelt. Eine heile Achillessehne spiegelt einen auf eigenen Füßen stehenden, in sich ruhenden Menschen wider, der keine Grundangst mehr kennt und in seinem Mittelpunkt, dem Becken ruht.

Hornhaut

Hornhaut ist verhärtete Haut, die entsteht, wenn der Fuß insgesamt, oder an bestimmten Stellen, stark beansprucht wird. Der Fuß nutzt die Möglichkeit zur Bildung einer strapazierfähigeren Haut, um besser auf unwegsamerem Gelände gehen zu können. Eine natürlich gewachsene Hornhaut erstreckt sich über die gesamte Fußsohle. Sie ist dann trotz ihrer Stärke flexibel und nicht so dick, daß sie beim Gehen oder Stehen behindern könnte.

Diese gesunde Art der Hornhautbildung finden wir heute nur noch bei Naturvölkern.

Unnatürlich starke, auf energetische Blockaden hindeutende Hornhaut finden wir meist an der Ferse, den Vorderballen und an der Seite des Großen Zehs. Sie weist auf einen Abstand zwischen Erde und Mensch (Fersenhornhaut), Geist und Mensch (Hornhaut am Großen Zehen) hin. Hornhaut signalisiert innere Entfernung zu echter Verantwortlichkeit und Autorität im Leben.

Solche Hornhaut deutet meist auf ein Nicht-Wahrnehmen, vielleicht sogar auf Verleugnung eines speziellen Lebensbereiches hin.

Hühneraugen

Die Hühneraugen sind Hornhäute, deren Bewegungsrichtung punktuell von außen nach innen verläuft. Sie entstehen, anatomisch gesehen, zumeist durch Druck des Schuhwerks.

Hühneraugen befinden sich hauptsächlich am Großen Zeh und an der dritten und vierten Zehe. Psychoenergetisch gesehen können sie entstehen, wenn man bestimmten Konflikten aus dem Weg gehen, sich davor schützen will. Dabei wird ein punktuelles Schutzschild gegen den Druck von außen gebildet. Es ist ein Druck von außen, der zur Gegenbewegung zwingt, sich mit dem Konflikt auseinanderzusetzen und ihn zu bereinigen.

Die Entstehung eines Hühnerauges vollzieht sich von außen nach innen bis auf den Knochen, und verursacht dann heftige Schmerzen.

Durch dieses Schutzschild, durch den nicht bereinigten Konflikt, dringt die Hornhaut immer tiefer ein und erinnert durch den verursachenden Schmerz immer wieder an die notwendige Lösung der Konfliktfrage.

Hühneraugen sind Anzeichen tiefgehender, geistiger Konflikte, die für den betreffenden Menschen subjektiv von außen „gemacht" werden, denn er selbst scheut die eigene Auseinandersetzung mit diesen Konflikten.

Hühneraugen werden fälschlicher Weise meist als nur von außen kommend angesehen.

Verdickungen

Verdickungen sehen wie kleine Fleischhügel aus. Sie befinden sich meist in der Wölbung und in der Fußmitte, im Bereich der Erde und des Lebens. Es sind Gefühlsknoten, die Gefühlsballungen beinhalten. Diese Verdikkungen sind dunkel (rötlich) gefärbt.

Werden sie gelöst, ist der Mensch gefühlsreicher.

Schweißfüße

Chronische Schweißfüße deuten auf eine ebenso chronische psychische und/oder körperliche Überbelastung hin. Der Grund dafür kann eine körperliche oder psychische Vergiftung sein. Durch die fortwährende Schweißsekretion versucht der Körper, sich des Giftes zu entledigen.

Schweißfüße deuten ebenso auf eine andauernde emotionale Belastung hin, die nicht ausagiert, nicht nach außen gelassen wird, und deren Grundlage durch die „Peinlichkeit" des Inhalts oder der Furcht vor daraus entstehenden Konsequenzen nicht angetastet wird.

Kurzfristige Schweißabsonderungen sind dagegen gesunde, energetische Reinigungsprozesse.

Sich schälende Haut

Sich schälende Haut ist ein Anzeichen für die Auflösung einer „alten Haut", einer alten psycho-somatischen Struktur.

Schält die Haut sich punktuell, dann ist eine „Schale" in dem durch diesen Bereich repräsentierten Teil im Menschen aufgelöst. Schält sich die Haut über dem ganzen Fuß ab, zeigt dies das Auflösen von einer – im wahrsten Sinne des Wortes umfassenden - Struktur an.

Die alte Haut ist dem wachsenden Menschen zu eng geworden und er wirft sie ab.

Gleich wie oder wo diese Häutung sich zeigt, sie ist ein äußeres Zeichen für einen Fort-Schritt in Richtung Körper-Geist-Mensch.

Hautverfärbungen

Bräunlich gefärbte Haut

Bräunlich verfärbte Haut ist das Anzeichen für eine tiefgehende Blockade durch Energiemangel. Der mit dem so verfärbten Teil des Fußes korrespondierende Körperteil ist dann wie ein fremder, nur der Funktion nach sinnvoller Organismus ohne Verbindung zum Ganzen.

Diese Art der Verfärbung befindet sich meist im Bereich der Achillessehne, des Fußgewölbes und des Großen Zehs.

Milchig-weiße Haut

Milchig-weiße Haut im Bereich des Fußes deutet auf ungelebte Aspekte hin.

Mancher Fuß ist in seiner Gesamtheit milchig-weiß. Er wirkt dann ungelebt und unbelebt. Wer einen solchen

Fuß hat, lebt nicht sich selbst, er fühlt sich wie von äußeren Umständen gelebt.

Bläuliche Haut
Bläuliche Haut weist auf ein uneingestandenes, verdrängtes Aggressionspotential hin. Diese Wut kann aber, da sie nur wenig unterhalb der Oberfläche liegt, schnell durch nichtige Anlässe zum Ausbruch kommen.

Rötliche Haut
Hier ist die Unterscheidung zu rosa Haut, die auf eine relativ gute Durchblutung schließen läßt, wichtig.

Fußpartien mit rötlicher Haut sehen aus, als ob keine Haut vorhanden wäre und die Muskulatur direkt, ohne schützende Haut, sichtbar daläge.

Solch eine gefährlich aussehende Hautverfärbung zeigt eine sehr tiefgehende Verletzung auf der psychoenergetischen Ebene an.

Hat ein Mensch eine solche Hautfarbe an einem Teil des Fußes, zumeist an den Zehen, leidet er starke innere Qualen.

Temperatur des Fußes

Kalte Zehen
Die meisten Menschen haben kalte Zehen.

Durch diesen Temperaturunterschied sind die Zehen vom übrigen Fuß getrennt.

Kalte Zehen deuten auf mangelnde Integration des Kopfes/Geistes in die Gesamtkörperfunktion hin. Mit dieser Temperaturverteilung in den Füßen besteht subjektiv nur die Möglichkeit, entweder die (beängstigende) Wärme der Gefühle oder die (meist vertrautere) Kühle des Kopfes zu leben.

Chronisch kalter Fuß
Ein chronisch kalter Fuß ist ein Zeichen für einen unterkühlten Lebensstil. Es ist so, als ob Denken, Handeln und Fühlen „auf Eis" gelegt wären.

Warme, wohltemperierte Füße
Warme, wohltemperierte Füße deuten auf Gesundheit und Harmonie hin. Man steht mit beiden Füßen auf der Erde, ruht in sich selbst, akzeptiert und geht seinen Weg und liebt das Leben.

Überhitzte Füße
Überhitzte Füße deuten auf eine angestaute emotionale Überladung hin. Der Mensch ist voller Emotionen, ohne sie zu leben oder das Zuviel an Gefühl durch einen Energieausgleich mit der Erde loszulassen.

Senkung eines Mittelfußknochens

Die Senkung eines Mittelfußknochens zeigt an, daß in ihm ein innerer Einbruch durch körperliche oder Gefühlsüberlastung entstanden ist. Zumeist ist auch die Atmung durch diese innere Spannung beeinträchtigt. Selbst wenn der Mensch willentlich versucht, tief durchzuatmen, gelingt es ihm nicht.

Überbein

Das Überbein ist eine überflüssige Wucherung, ein inneres „Mehr-sein-Wollen" als man wirklich ist. Es ist unkontrollierte Energie, die eigentlich zu intensiverer und größerer Stabilität eingesetzt werden könnte.

Hammerzehen

In den Hammerzehen verdeutlicht sich ein verkrampftes, von der Außenwelt zurückgezogenes Denken. Das Denken eines Menschen mit Hammerzehen macht Umwege, ist kompliziert und verschachtelt. Er möchte seine Gedanken für sich behalten und hat auch Schwierigkeiten, seine Denkinhalte für andere sichtbar und nachvollziehbar zu machen.

Die Gedanken sind realitätsabgewandt und verneinen die reale Welt durch eben diese Art des Denkens.

Knickfuß

Durch die geknickte Form des Fußes kann die Energie zwischen Fuß und Körper nur schlecht oder gar nicht fließen. Eine echte energetische Erdung ist kaum möglich.

Der Mensch mit Knickfuß ist durch diesen Bruch im Fuß von seinem echten Lebensweg und dessen Inhalten getrennt oder hat wenig Verbindung mit ihm.

Anders ausgedrückt: Es existiert ein nur sehr schwer zu überwindender Bruch zwischen seinem Selbstbild und seinem wirklichen Wesen, das sich durch einen, dem eigenen Wesen gemäßen, Lebensweg erst gestaltet und entwickelt.

Derjenige mag sich zwar subjektiv zurechtfinden und wohlfühlen, aber das „Nein" des Knickfußes zum echten Lebensweg und zum eigenen Wesen bringt ihn in latente Unzufriedenheit, Unsicherheit und damit Unruhe.

Senkfuß

Beim Senkfuß ist das Längsgewölbe des Fußes zur Erde hinabgesunken. Bei dieser Fußanomalität fehlt es an positiver Spannung von den Schultern bis zum Becken, die sich als mangelnder Tonus bemerkbar macht. Diese Menschen wirken langweilig und fühlen sich gelangweilt.

Plattfuß

Der Plattfuß besteht aus dem Knickfuß, dem Senkfuß, und dem Spreizfuß. Im Spreizfuß ist das Quergewölbe zur Erde gesenkt.

Beim Plattfuß ist das Bedürfnis vorherrschend, der Mutter (im leiblichen sowie im übertragenen Sinne), der Erde mit ihrer „dunklen Geborgenheit" nahe sein zu müssen. Dieser Mensch geht nicht seinen Lebensweg, sondern möchte „zurück", sucht die Symbiose mit der Mutter, möchte in ihren schützenden Schoß zurück.

Er fühlt sich innerlich schwer belastet. Oft stimmt diese innere Schwere mit dem körperlichen Gewicht überein.

Da die Symbiose zwischen Mutter und Kind nicht erreicht werden kann, der Mensch innerlich und vielleicht äußerlich schwer ist, kann er sich nicht seinen Bedürfnissen entsprechend ausdrücken.

Das Grundgefühl ist durch Sinn-Leere und Hoffnungslosigkeit geprägt. Auf diesen Grundgefühlen baut sich dann oft ein hoffnungslos verwirrtes und verirrtes Leben auf.

Diese in den Füßen zum Ausdruck kommenden Anzeichen für den Körper-Geist-Zustand habe ich auseinanderdividiert, um sie im einzelnen vorstellen zu können.

Eine nur für sich gesehene Fußanomalität sagt aber noch nichts Wesentliches über den Gesamtzustand des Menschen aus.

Erst alle „Stärken" und „Schwächen" der Füße, zusammengenommen und aufeinander bezogen, lassen ein grundlegendes und umfassendes Erkennen der Körper-Geist-Mechanismen zu.

5.

Die strukturelle Polaritätsmassage für die Füße

Die strukturelle Polaritätsmassage

Die strukturelle Polaritätsmassage ist so angelegt, daß alle Bereiche im Menschen angesprochen, harmonisiert, von Mechanismen gereinigt und aktiviert werden können. Die Griff- und Berührungsfolge baut mit diesem Ziel aufeinander auf.

In der ersten Phase wird der Fuß entspannt und für die energetisch ausgerichtete zweite Phase vorbereitet.

In der zweiten Phase werden die konstruktiven Energien verstärkt und die festsitzenden Energieblockaden im Fuß, und damit im Menschen, zum Fließen gebracht.

In der dritten und letzten Phase werden Impulse zu größerer Bewußtheit, mehr Lebenskraft und Stabilität über die Dauer der Massage hinaus gegeben.

Diese Struktur der Massage und die einzelnen Griffe wurden so gewählt, daß *jeder,* der mit Polarity arbeiten möchte, sie einfach ausführen kann. Eine besondere Schulung oder Ausbildung ist für diese Praxis nicht nötig.

Wesentlich ist jedoch, daß die Griff- und Berührungsfolge genau eingehalten wird, damit:

körperliche und geistige Entspannung eintreten kann,

körperliche und psychische Blockierungen aufgelöst werden können,

der Massierte bewußter und wacher werden kann,

der Massierte die Füße und den Boden unter den Füßen besser spüren kann,

der Massierte bei jeder Massage ein Stück weiter zu sich selbst kommen kann.

Insgesamt kann der Massierte nach jeder Massage zu größerer Vitalität, zu größerer Harmonie und Anmut und mehr Bewußtheit kommen.

Die konkrete Auswirkung des einzelnen Massagegriffs sowie die der gesamten Massagesitzung ist im Einzelfall verschieden, da jeder eine andere Verteilung der Energie und *seine speziellen* Energieblockaden mitbringt.

Die Massage sollte, wenn möglich, in einem ruhigen Raum stattfinden, keiner der Massagepartner sollte zuviel gegessen haben noch hungrig sein. Die Kleidung sollte, wie eigentlich immer, aus Naturfaserstoffen bestehen, da natürliche Kleidung die Energien besser fließen läßt.

Weder der Massierende noch der Massierte sollten Erwartungen und Vorstellungen über die Massage in sich aufkommen lassen, sondern sie einfach über die Lebensenergie wirken lassen.

Der Abstand der einzelnen Massagen sollte zu Anfang nicht kürzer als eine Woche sein, damit sich die Körperenergie auf diese tiefgehende Massage einstellen kann. Nach mindestens fünf Massagen kann in kürzeren Abständen massiert werden.

Bevor du mit der Massage beginnst, solltest du das folgende Kapitel einige Male studiert haben. Hilfreich ist es, sich die einzelnen Griffe und Haltungen dabei vor dem inneren Auge zu vergegenwärtigen. Diese Vorübung gibt dir mehr Sicherheit, wenn du deinen Partner dann massierst.

Während der ersten Massagen kannst du als Gedächtnisstütze dieses Kapitel aufgeschlagen neben dir liegen lassen, um die genauen Griffe und die Griffolge, wenn nötig, immer wieder nachzuschlagen. Nach einigen so gegebenen Massagen wirst du die strukturierte Polaritätsmassage aus dem Gedächtnis heraus anwenden können.

Bild 1: Die Haltung

Lasse deine Aufmerksamkeit zu Beginn der Massage zu den Füßen des Partners gehen. Verweile bei ihnen, ohne Vor-Urteil und ohne Vor-Erwartung und innerlich wach.

Die Haltung der inneren Wachheit und Vorurteilslosigkeit solltest du während der gesamten Massagezeit aufrechterhalten. Deine Berührungen sind der zündende Funke, der Impuls, der die schlummernden Selbstregulierungskräfte weckt. Die Lebensenergie folgt ihren eigenen Gesetzen. Sie findet ihren eigenen Weg, jeden Augenblick, den Umständen vollkommen angemessen.

Erste Phase

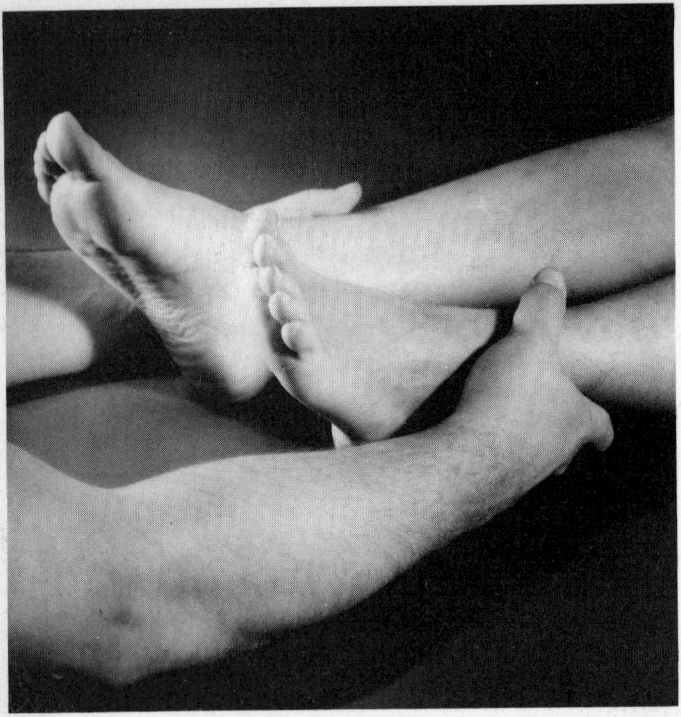

Bild 2: Füße hinter den Fersen anfassen

Fasse die Füße hinter den Fersen an und ziehe deinen Partner kraftvoll und doch leicht auf dich zu. Falls du einen Widerstand spürst, akzeptiere ihn und gehe nicht darüber hinweg.

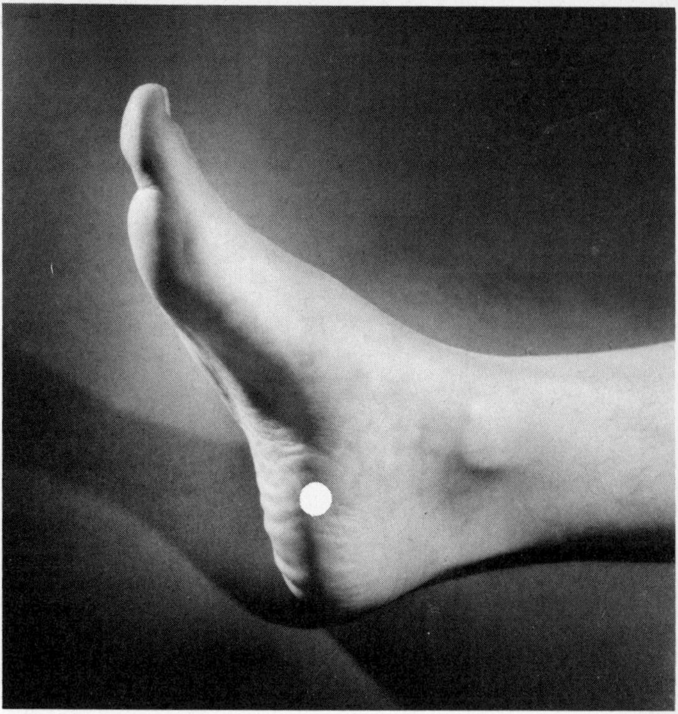

Bild 3: Druckpunkt

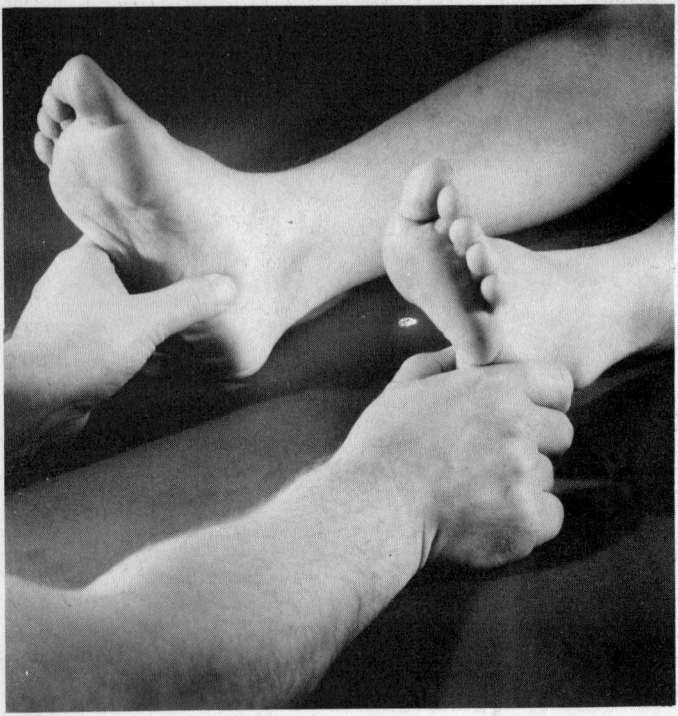

Bild 4: Drücken der Punkte

Drücke abwechselnd den Punkt am linken Fuße mit dem rechten Daumen, und den Punkt am rechten Fuße mit dem linken Daumen – jeweils fünf Mal mit mittlerem Druck.

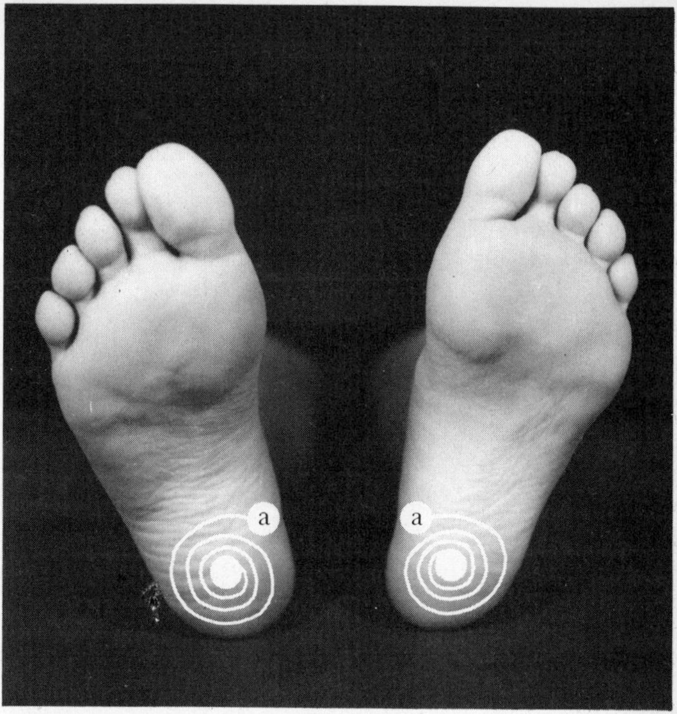

Bild 5: Bewegungsablauf der Fersenmassage

Massiere den Fersenballen des linken Fußes mit starkem Druck im Uhrzeigersinn, den Fersenballen des rechten Fußes jedoch *gegen* den Uhrzeigersinn spiralförmig von Punkt (a) ausgehend bis zur Fersenmitte. Schließe mit einem starken Druck in die Fersenballenmitte die Massage des jeweiligen Fersenballens ab.

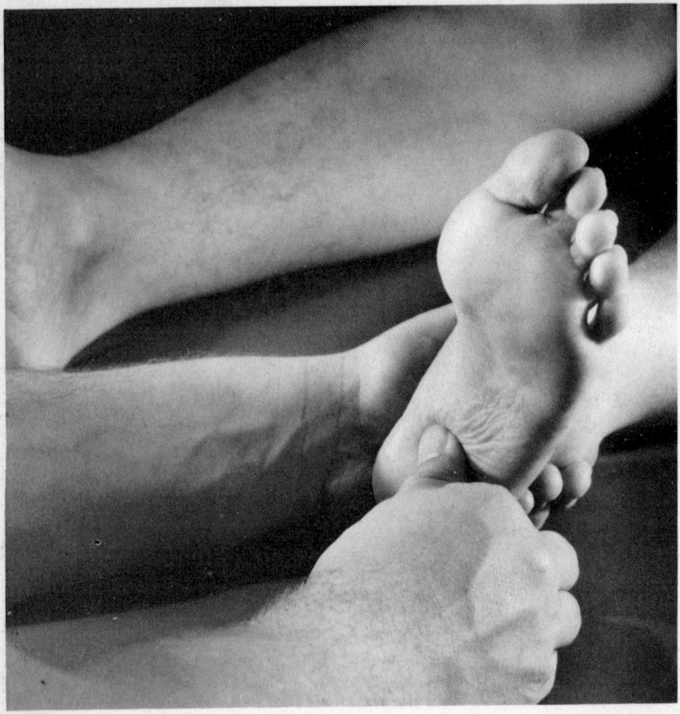

Bild 6: Fersenmassage

Ausführung der auf Bild 5 dargestellten Massage.

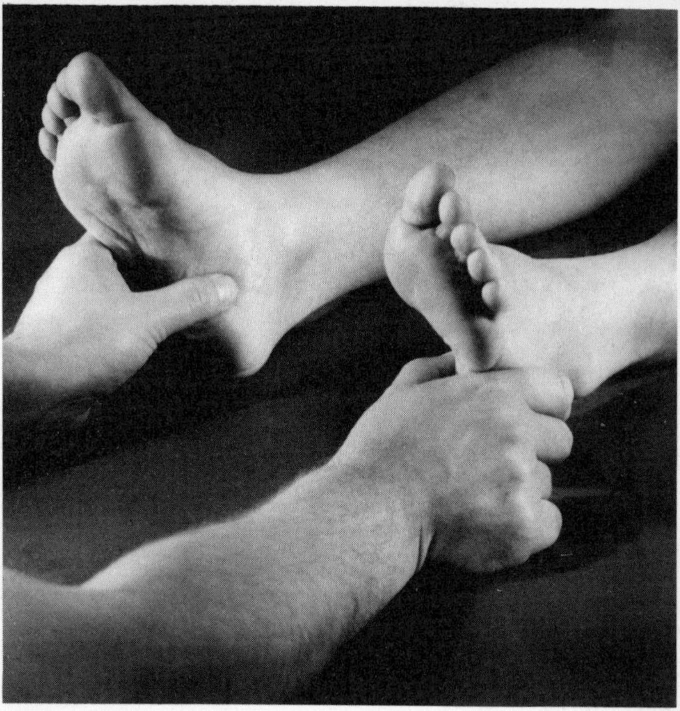

Bild 7: Drücken der Punkte

Drücke mit dem rechten Daumen den Punkt am linken Fuß und mit dem linken Daumen den Punkt des rechten Fußes abwechselnd jeweils drei Mal mit mittlerem Druck.

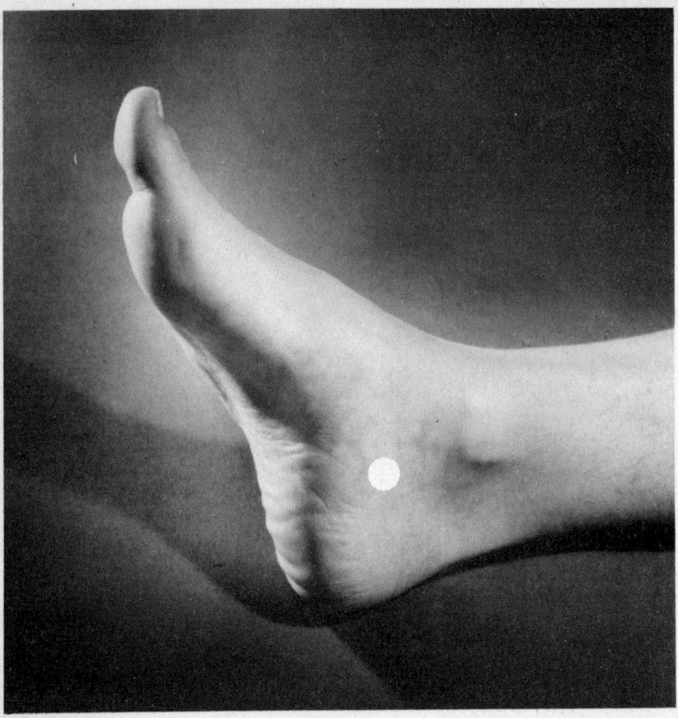

Bild 8: Druckpunkt an der Ferseninnenseite

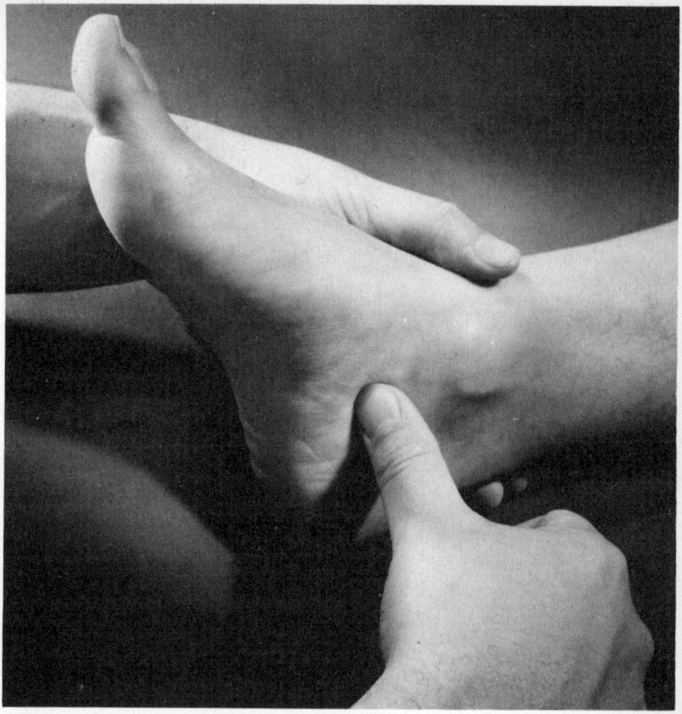

Bild 9: Drücken der Punkte an der Ferseninnenseite

Drücke diese Punkte an der Ferse gerade so stark, daß der Massierte, wenn er dort Schmerz verspürt, nicht den Drang hat, seine Füße zurückzuziehen.

Drücke diesen Punkt mit dem Daumen zunächst am linken Fuß 4 bis 5 Sekunden, dann den Punkt am rechten Fuß 4 bis 5 Sekunden.

Der Massagepartner sollte während dieser Zeit tief und entspannt atmen, sich jedoch dabei nicht anstrengen.

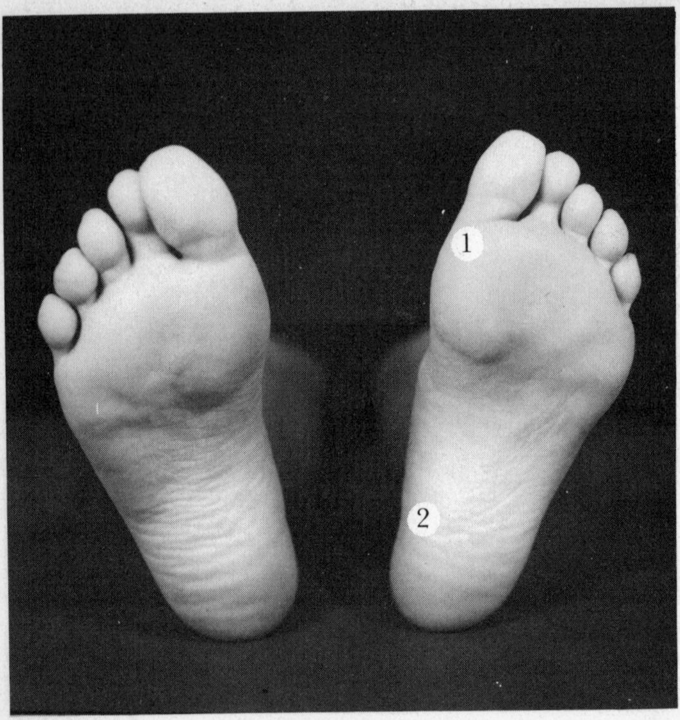

Bild 10: Linker Fuß mit Druckpunkten 1 und 2

Lege den Zeigefinger der rechten Hand auf Punkt 1 des linken Fußes und den Zeigefinger der linken Hand auf Punkt 2 des gleichen Fußes. Die Haut des Fußes sollte dabei ohne Druck berührt werden.

Bleibe innerlich dabei vollkommen wach. Lasse die Energie fließen.

Horche stetig in dich hinein und achte auf das innere Signal, daß dir sagt, wann du die Finger zurücknehmen solltest.

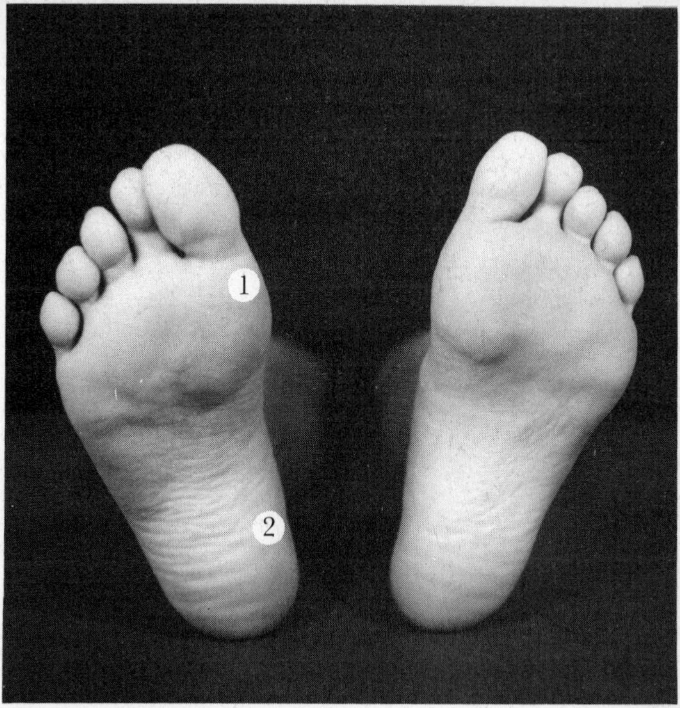

Bild 11: Rechter Fuß mit Druckpunkten 1 und 2

Die gleichen Punkte wie am linken Fuß werden auch am rechten Fuß berührt. Der Zeigefinger der rechten Hand wird ebenfalls auf Punkt 1 (wie eingezeichnet) gelegt und der Zeigefinger der linken Hand auf Punkt 2. Achte hier, genau wie beim linken Fuß, auf das Zeichen, das innere Signal, das dir den Augenblick, in dem du deine Finger von den berührten Punkten zurücknehmen solltest, vermittelt. *Je wacher du innerlich bist, desto leichter fällt dir die Wahrnehmung dieses Augenblicks!*

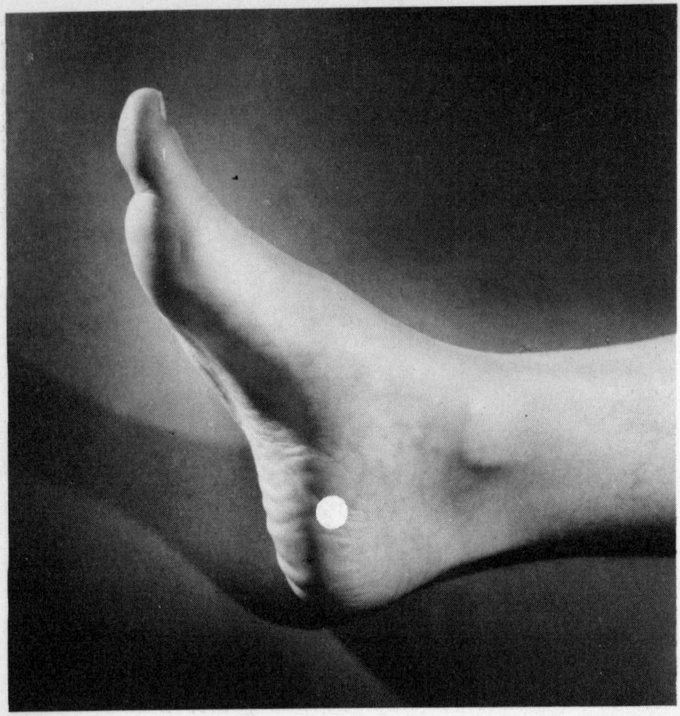

Bild 12: Druckpunkt eingezeichnet

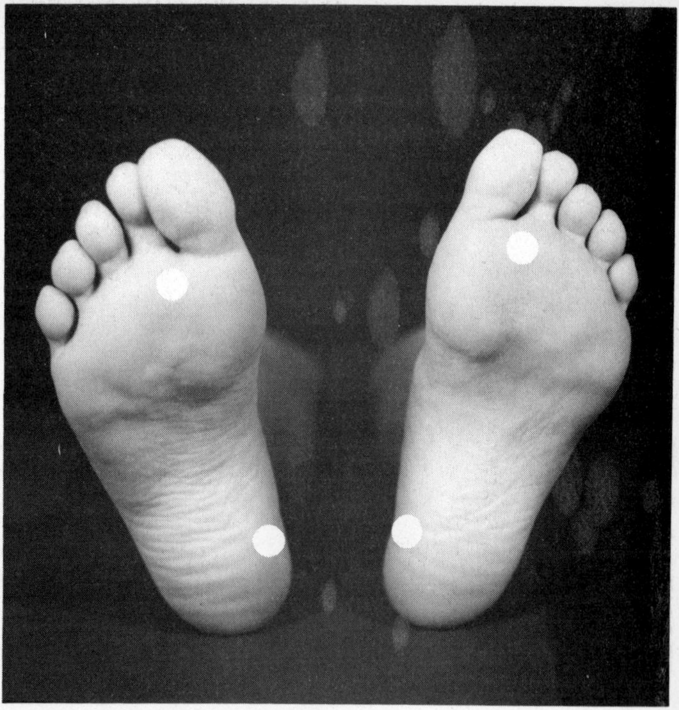

Bild 13: Druckpunkte eingezeichnet

Mit dem rechten Daumen drückst du kräftig die Mitte der Innenkante der Ferse, und mit dem linken Daumen ebenfalls kräftig die Mitte zwischen Vorderballen und Zehen zwischen dem Großen Zeh und dem zweiten Zeh gleichzeitig. Beginne mit dem linken Fuß und drücke nur *einmal*.

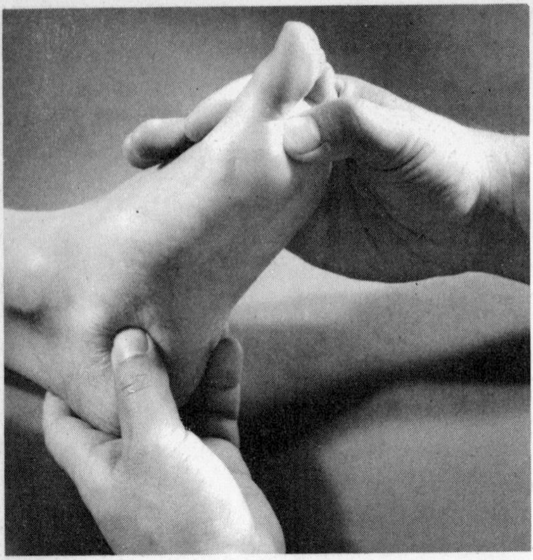

Bild 14:
Ausführung
des Griffes
am linken
Fuß

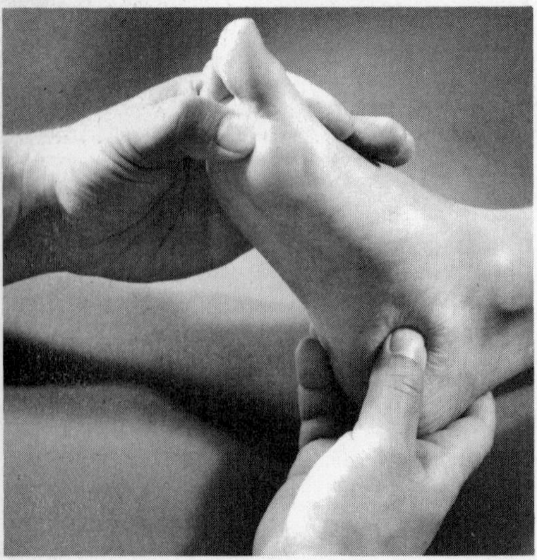

Bild 15:
Ausführung
des Griffes
am rechten
Fuß

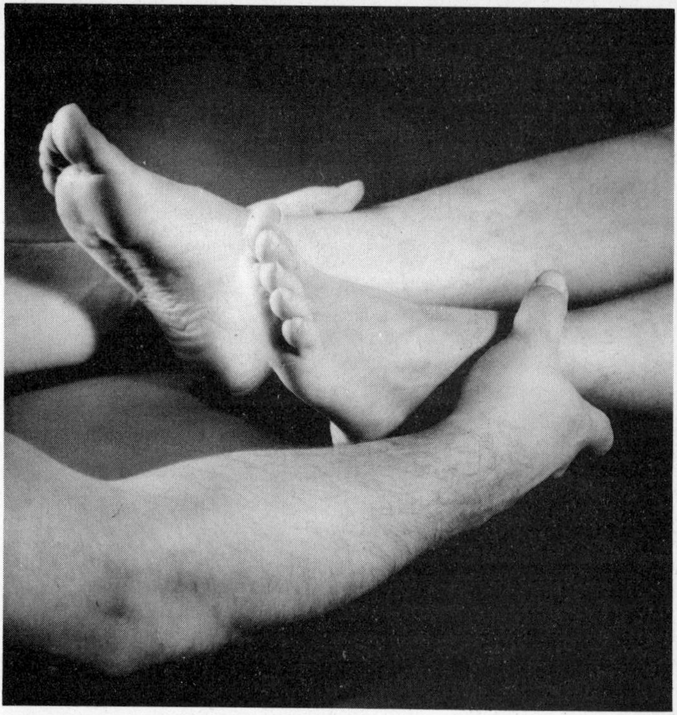

Bild 16: Füße hinter den Fersen anfassen

Fasse die Füße hinter den Fersen an und ziehe die Beine kraftvoll, doch leicht auf dich zu.

Falls du Widerstand spürst, akzeptiere ihn und ziehe nicht weiter.

Lege die Füße dann sanft wieder hin.

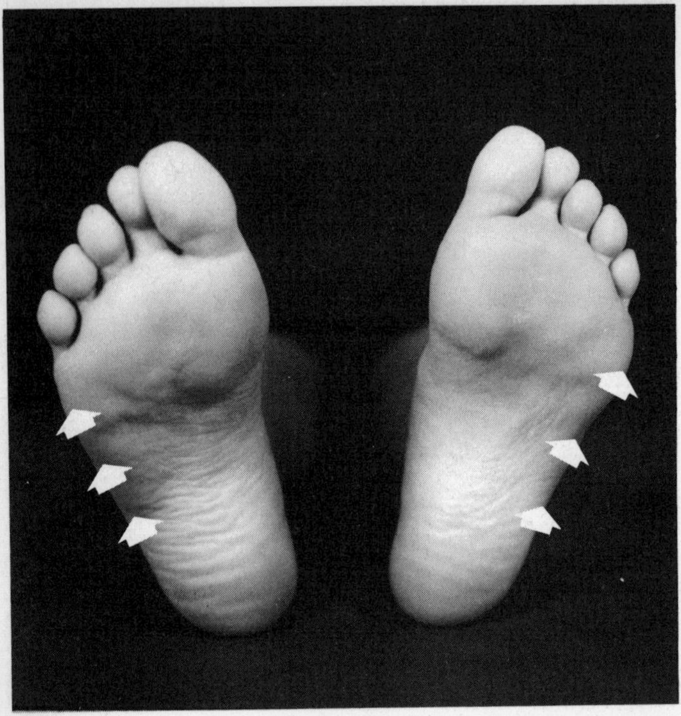

Bild 17: Bewegungsverlauf eingezeichnet

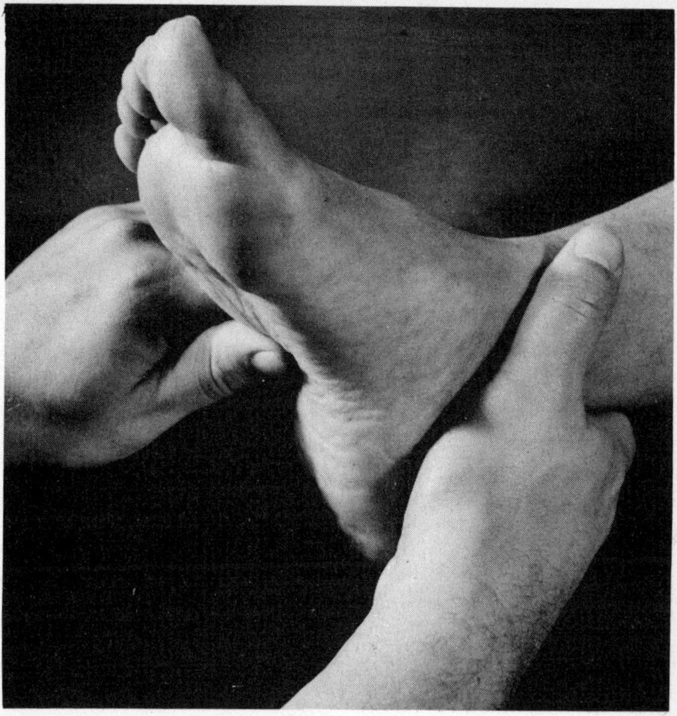

Bild 18: Der Daumen massiert die Außenkante des Fußes

Gehe mit deinem rechten Daumen unter starkem Druck an der Außenkante des linken Fußes vorbei. Halte den Fuß mit der linken Hand. Führe die Bewegung des Daumens oberhalb der Ferse beginnend bis zur Mitte des Vorderballens.

Führe diese Bewegung drei Mal hintereinander an beiden Füßen aus, beginne mit dem linken. Achte darauf, daß du mit dem Daumen nicht über die Mitte des Vorderballens hinausgehst.

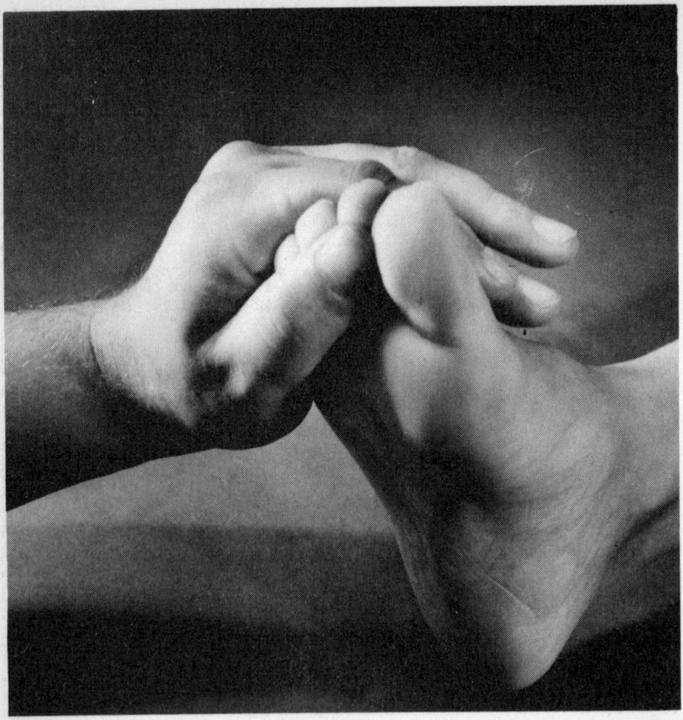

Bild 19: Ziehen der kleinen Zehen

Ziehe die Zehen 2 bis 5 gemeinsam hoch, zunächst am *rechten* Fuß und dann am linken. Ziehe sie nur so weit hoch, daß die Ferse noch leichten Kontakt mit dem Boden hat.

Nach diesen Massagegriffen solltest du eine Pause von mindestens fünf Minuten machen, um deinem Partner die Möglichkeit zu geben, seine Füße zu spüren und weiter in sich hinein zu horchen. Der Massierte sollte während der Pause liegenbleiben.

Zweite Phase

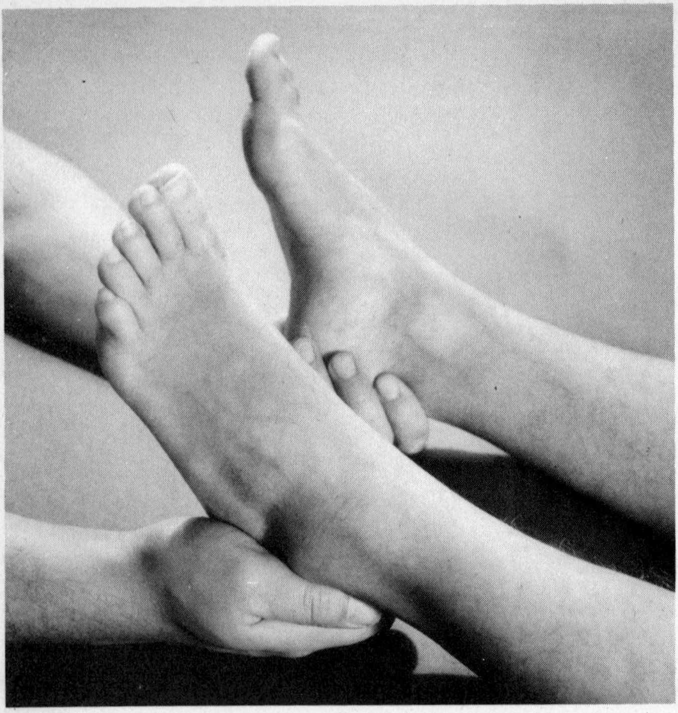

Bild 20: Ausführung des Griffes an beiden Füßen

Beginne nach der Pause mit folgendem Griff:

Du faßt mit Daumen und Zeigefinger in den Mittelpunkt des Dreiecks Achillessehne – Ferse – Knöchel.

Bei diesem Griff ist es wichtig, daß der Hautkontakt bewußt ohne Druck ausgeübt wird, denn die Energie fließt ohne Druck an dieser Stelle besser.

Mache dir keine Vorstellungen darüber, wie es geschieht. Stelle dich innerlich darauf ein, daß du es geschehen läßt.

Es bedarf keiner Willens- oder einer sonstigen Anstrengung. Achte auch hier genau auf den Augenblick, in dem du deine Hände ruhig und gelassen zurücknehmen solltest.

Nimm sie dann zurück.

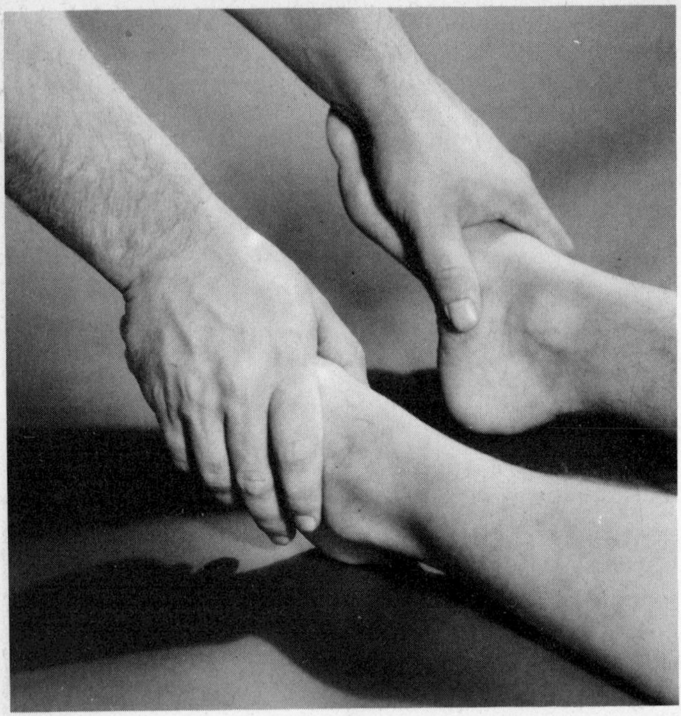

Bild 21: Hände auf dem vorderen Fußrücken (Vorderfuß)

Lege die rechte Hand auf den vorderen Teil des linken Fußrückens und die linke Hand auf den Fußrücken des rechten Fußes deines Partners. Lasse die Energie fließen.

Achte auf den Zeitpunkt, wo du deine Hände zurücknehmen solltest.

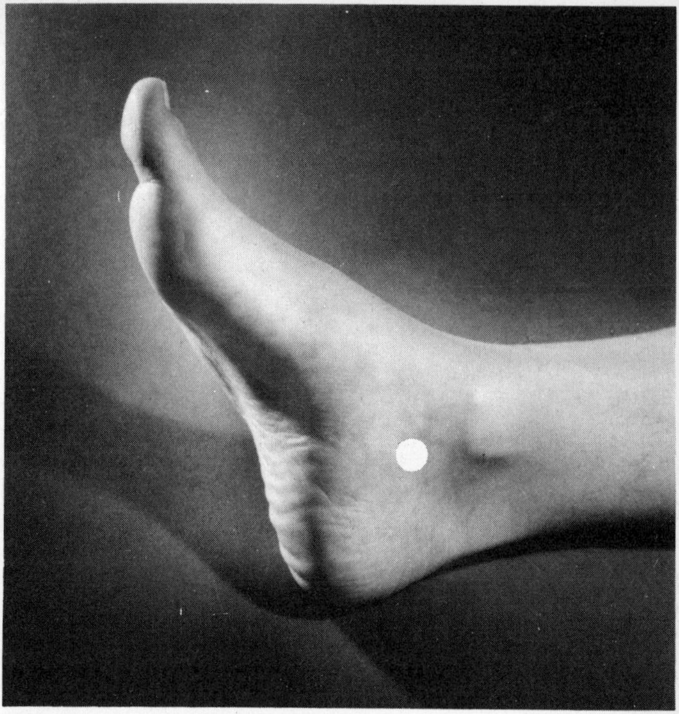

Bild 22: Druckpunkte eingezeichnet

Dieser Kontaktpunkt liegt etwa 1/2 bis 1 cm höher (je nach Fußgröße) als der auf S. 78 (Bild 8) eingezeichnete Punkt.

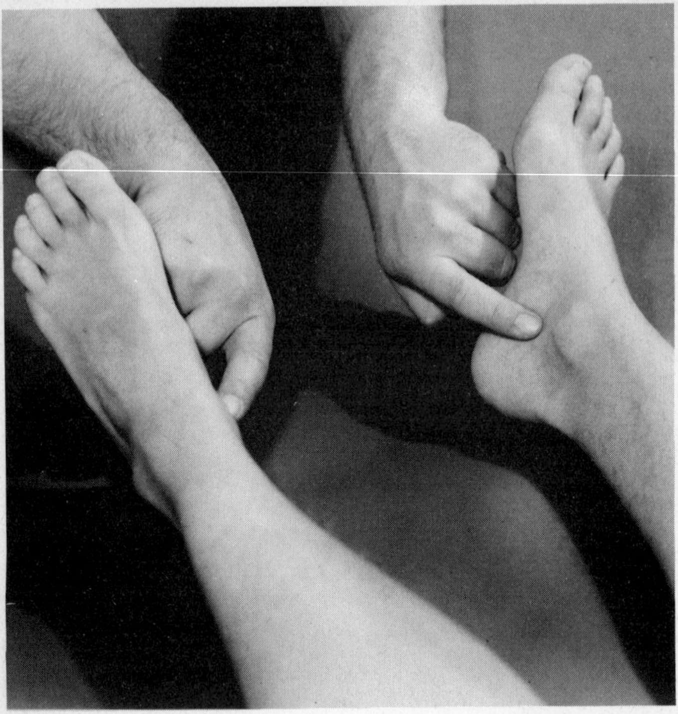

Bild 23: Polarisieren der Punkte

Lege den rechten Zeigefinger etwa eineinhalb Zentimeter unter den Knöchel des linken Fußes Richtung Fußsohle leicht auf. Der linke Zeigefinger liegt auf der gleichen Stelle des rechten Fußes.

Lasse die Energie fließen.

Achte genau auf den Zeitpunkt, an dem du die Finger von diesen Stellen zurücknehmen solltest.

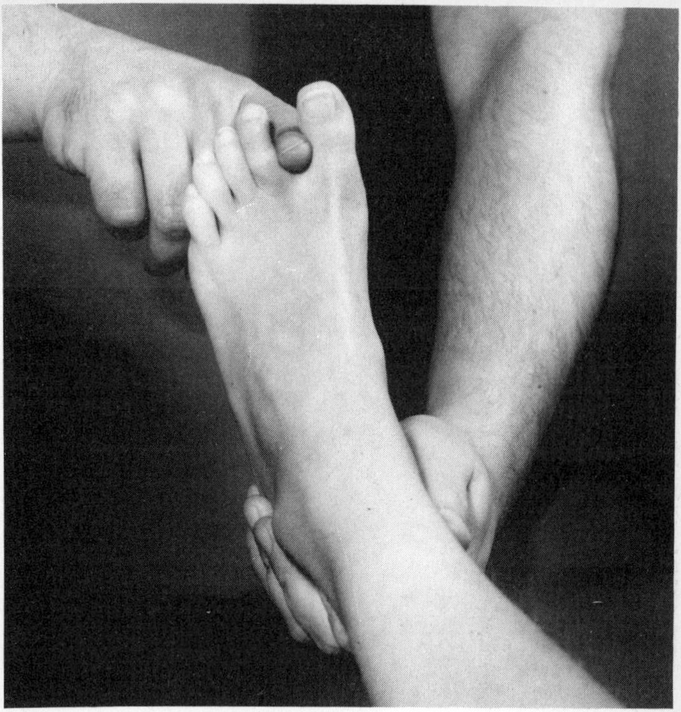

Bild 24: Der rechte Zeigefinger liegt zwischen dem Großen und dem zweiten Zehen

Lege das erste Glied des rechten Zeigefingers zwischen den Großen Zeh und den zweiten Zeh des linken Fußes deines Partners.

Lasse ihn etwa eineinhalb Minuten in dieser Position liegen. Übe keinen Druck aus, lasse einfach geschehen, was geschehen will.

Lege dann das erste Glied desselben *rechten* Fingers zwischen den Großen Zeh und den zweiten Zeh des rechten Fußes deines Partners.

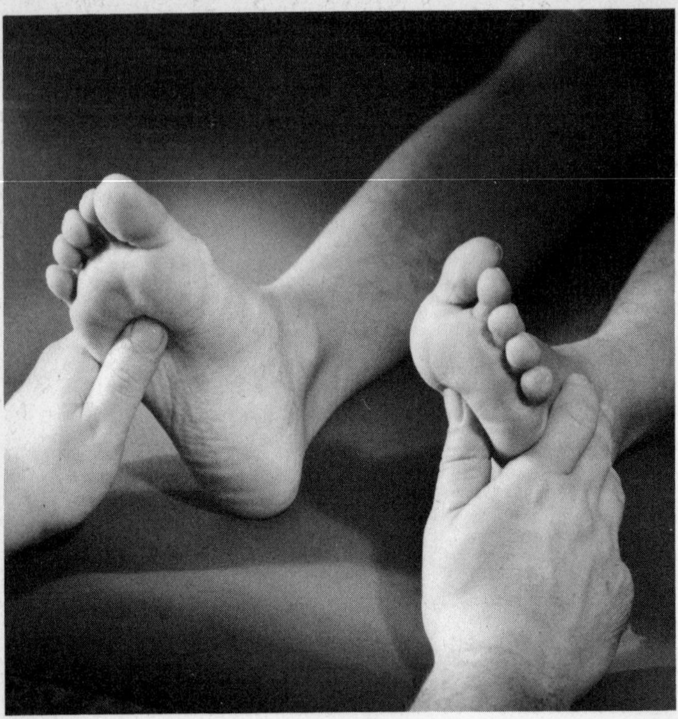

Bild 25: Daumen unter dem Vorderballen

Drücke mit leichter Kraft abwechselnd 10 bis 15 Male genau in die Mitte unter den Vorderballen.

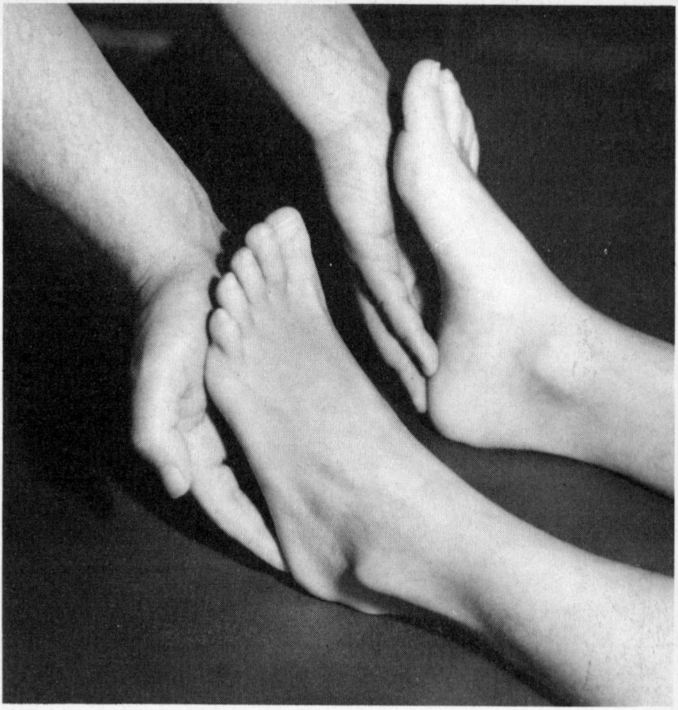

Bild 26: Die Hände liegen auf den Fußsohlen

Lege den Handballen der rechten Hand auf den Fußballen des linken Fußes. Lasse die Finger auf der Ferse ruhen.

Lege ebenso den Ballen der linken Hand auf den Fußballen des rechten Fußes und die Finger auf die Ferse.

Lasse die Energie fließen.

Achte auf den Augenblick, in dem du die Hände zurücknehmen solltest.

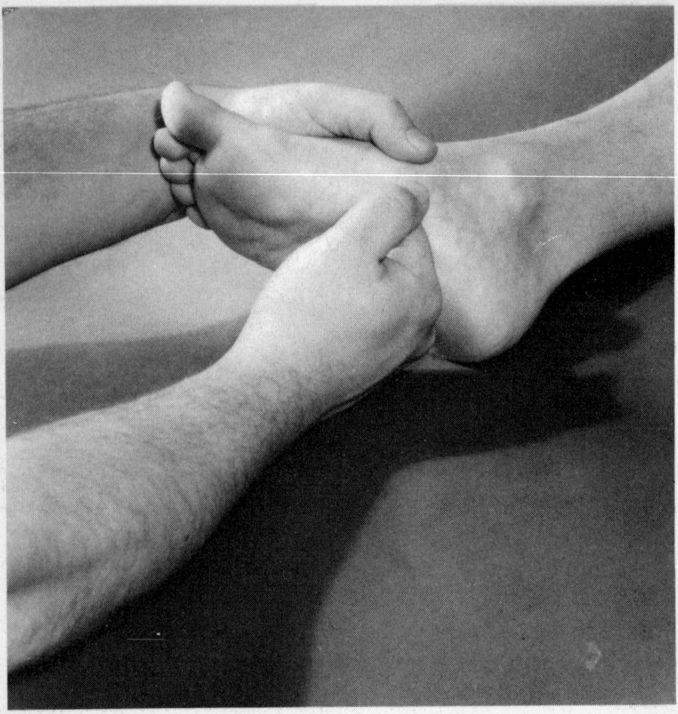

Bild 27: Mit den Fingerknöcheln über die Sohle ziehen

Balle die Hand zu einer Faust und streiche mit dem Druck der Fingerknöchel von der Mitte der Ferse bis zur Mitte des Vorderballens über die Fußsohle. Wiederhole diese Bewegung 2 bis 3 Mal an jedem Fuß.

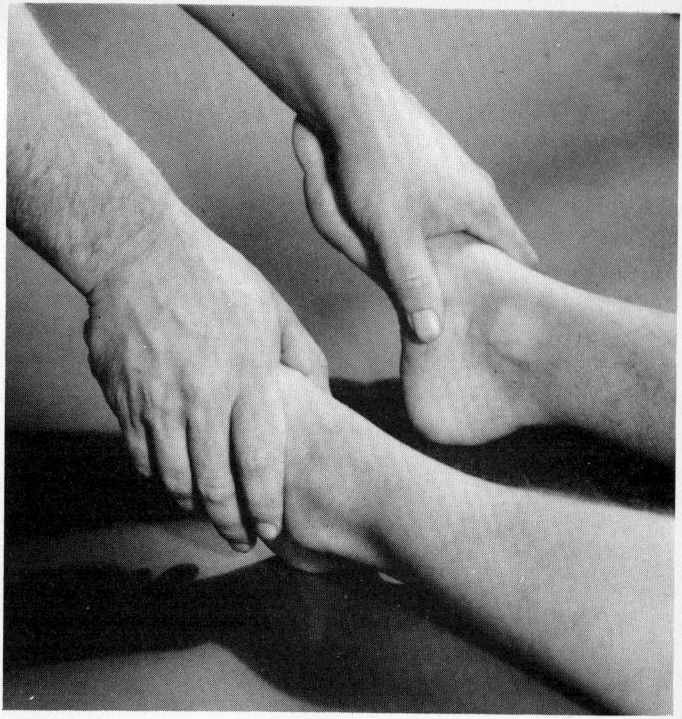

Bild 28: Die Hände liegen auf dem vorderen Teil des Fußrückens

Lege die rechte Hand auf den vorderen Teil des linken Fußrückens deines Partners, und die linke Hand auf den vorderen Teil des rechten Fußes.

Lasse die Energie fließen.

Achte auf den Zeitpunkt, wo du deine Hände zurücknehmen solltest.

Es ist wichtig, daß du es *ganz* fließen läßt. Innerlich weißt du, was das ist.

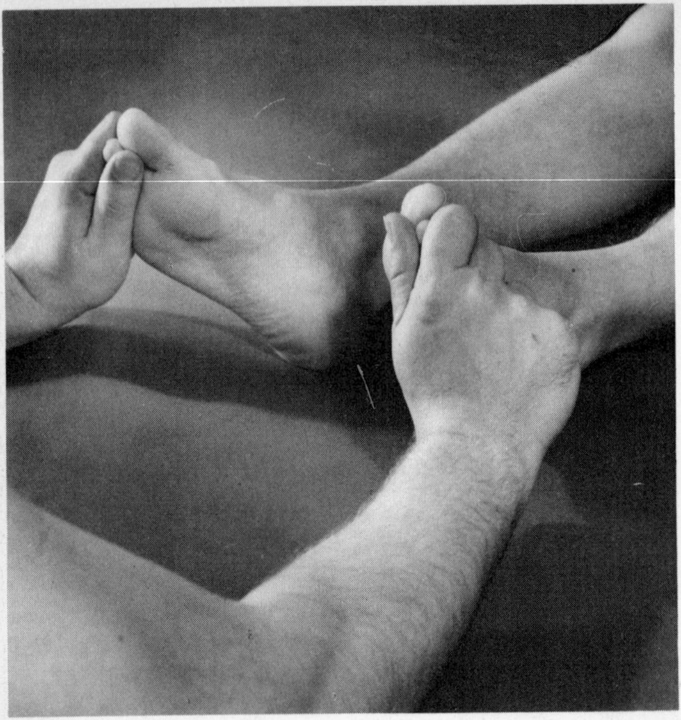

Bild 29: Die Hände umfassen die Zehen

Lege die rechte Hand um die kleinen Zehen des linken Fußes, nicht um den Großen Zeh, und die linke Hand um die kleineren Zehen des rechten Fußes.

Lasse die Energie fließen bis der Augenblick erreicht ist, in dem du die Hände zurücknehmen solltest. Nach diesen Griffen mache eine Pause von mindestens zehn Minuten. Solltest du dich während der Massage verspannt haben, kannst du die Zeit dazu nutzen, dich wieder ganz zu fühlen und zu entspannen.

Dritte Phase

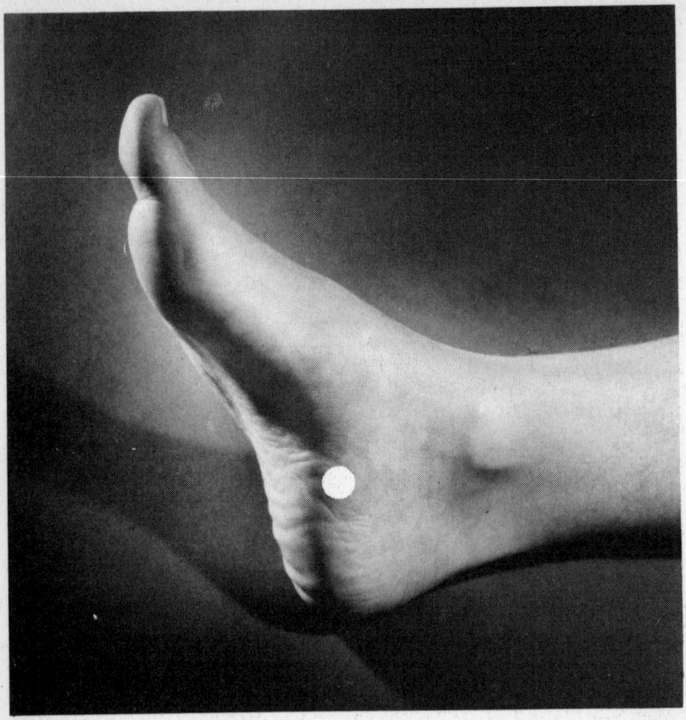

Bild 30: Druckpunkt

Halte zunächst den rechten Zeigefinger etwa 25 – 50 Millimeter über den Energiepunkt des linken Fußes. Genau in der Höhe, in der du Kontakt mit der Energie bekommst.

Lasse die Energie wirksam werden.

Achte auch hier auf den Zeitpunkt in dem du den Finger zurücknehmen solltest.

Halte dann am rechten Fuß ebenfalls den *rechten* Zeigefinger über diese Stelle.

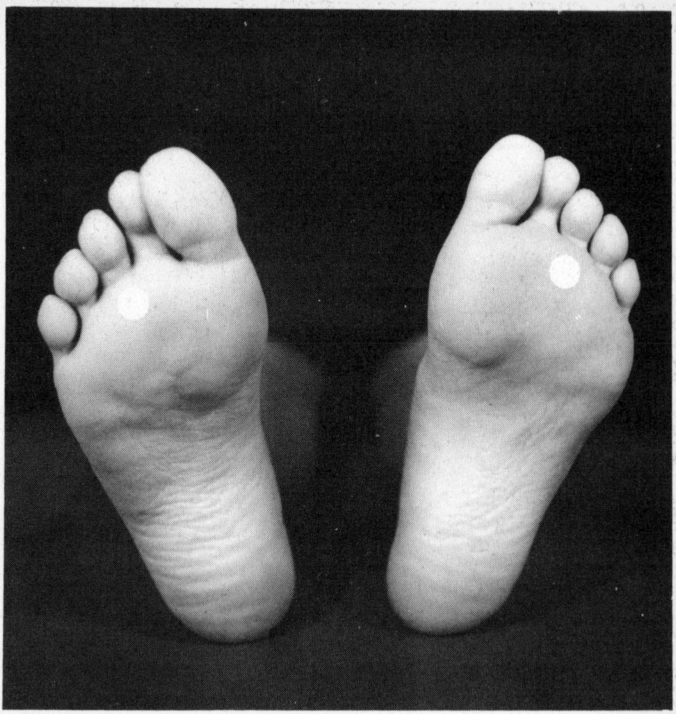

Bild 31: Druckpunkte eingezeichnet

Halte den Zeigefinger der rechten Hand etwa in 25 – 50 Millimeter Abstand über die Mitte des linken Fußes zwischen Vorderballen und Zehen, dort, wo du Kontakt mit der Energie bekommst.

Halte den linken Zeigefinger am rechten Fuß über die gleiche Stelle, ebenfalls in der Höhe, in der du Kontakt mit der Energie bekommst.

Lasse die Energie beider Finger wirksam werden.

Nimm sie im rechten Augenblick zurück.

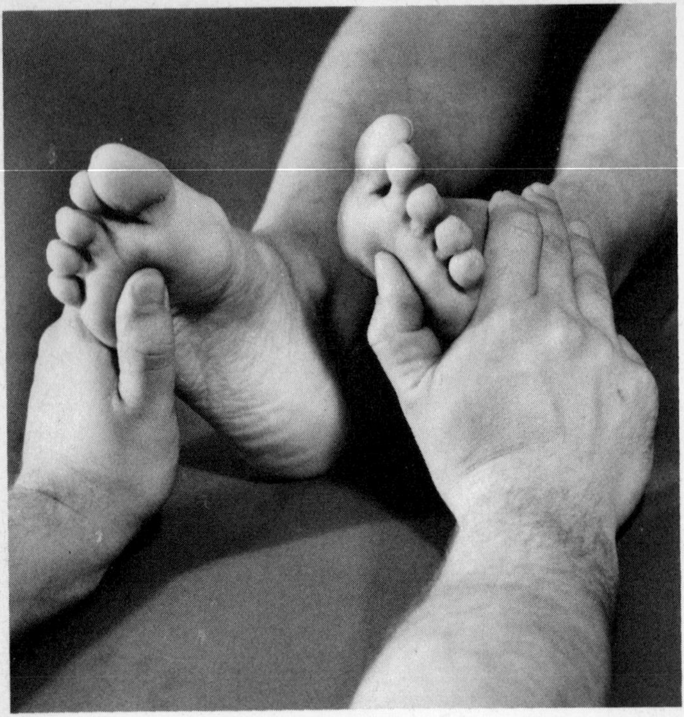

Bild 32: Die Daumen über die Vorderballenmitte ziehen

Ziehe sofort, nachdem du die Finger zurückgenommen hast, beide Daumen über die Mitte der Vorderballen mit mittlerem Druck von der Zehenspitze bis zum Beginn des Mittelfußes.

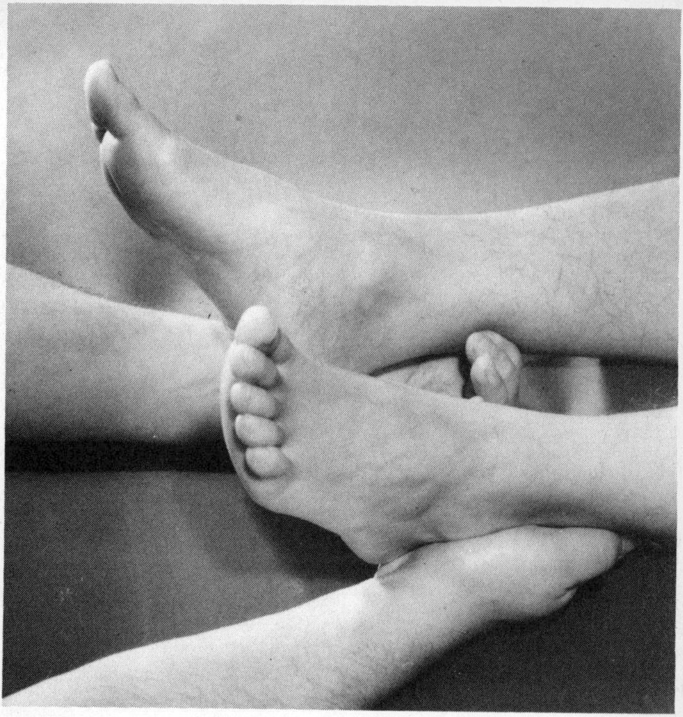

Bild 33: Massage der Materiepunkte an beiden Füßen

Massiere die Materiepunkte zwischen Achillessehne und Anfang der Wadenmuskulatur eine halbe bis eine Minute lang. Innerlich weißt du, ob du diesen Punkt mit stärkerem Druck, leichter Massage oder mit ständig rhythmisch wechselndem Druck massieren solltest.

Du findest es heraus, wenn du dich innerlich für diese Möglichkeiten öffnest und die Bewegungen der Hände ihrer eigenen Intelligenz (die nicht die „kopfige" Intelligenz ist) überläßt.

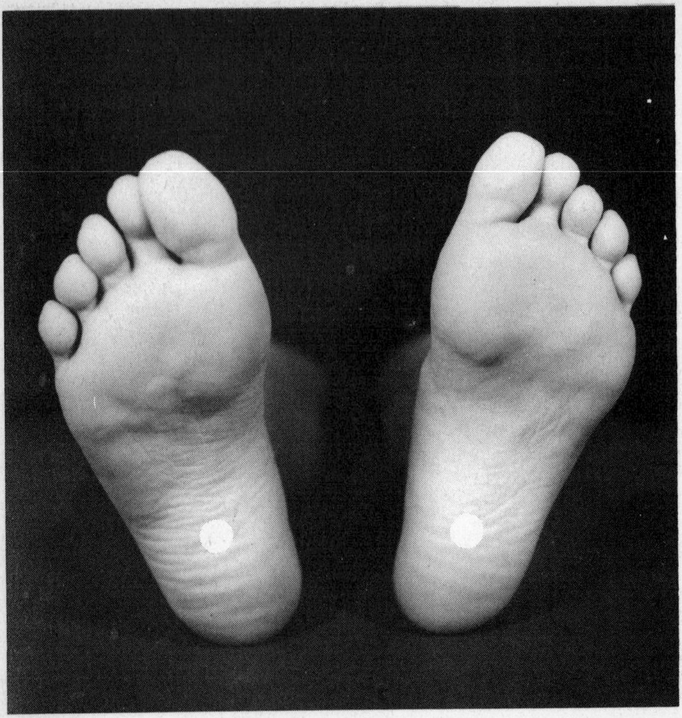

Bild 34: Energiepunkte eingezeichnet

Drücke die beiden Energiepunkte der Lebensenergie einige Sekunden lang recht kräftig mit beiden Daumen.

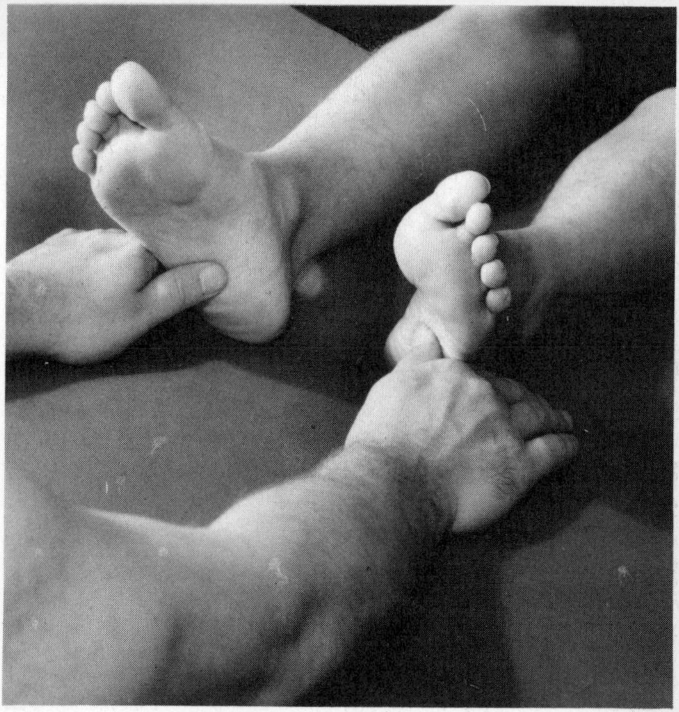

Bild 35: Drücken der Energiepunkte

Die Haltung deiner Hände ist hier gezeigt.

Wird die strukturierte Polarity Fußmassage bei Kindern und Heranwachsenden angewandt, sollte der Materiepunkt am Ende der Achillessehne und Anfang der Wadenmuskulatur *nicht* massiert werden.

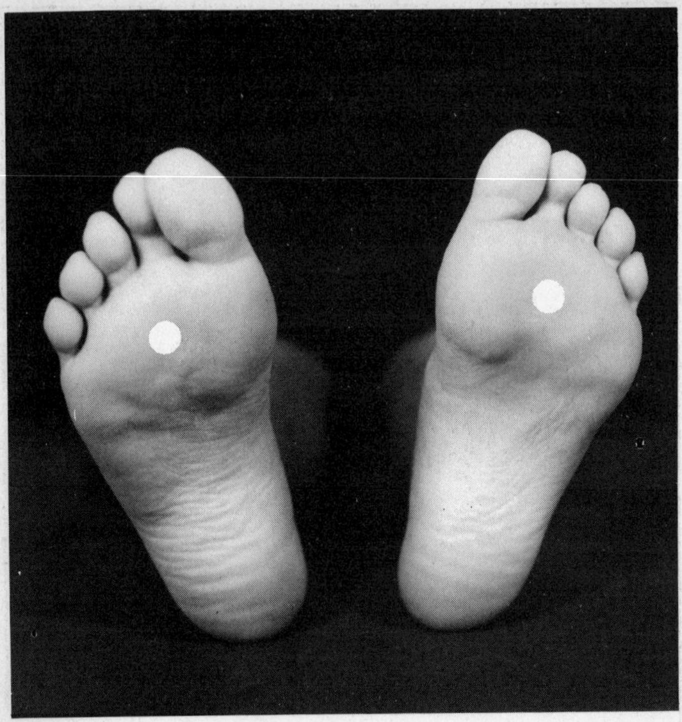

Bild 36: Druckpunkte „Bewußtheit" eingezeichnet

Der Abschluß ist bei Kindern und Heranwachsenden ein leichter Druck, gleichzeitig mit beiden Zeigefingern auf den Punkt der Bewußtheit.

6.

Die offene Polaritätsmassage

Die offene Polaritätsmassage

Die grundlegende Haltung, die der Massierende während der Massage einnehmen sollte, ist die der *Wachheit.* Er sollte *gleichzeitig die Lebensenergie fließen lassen.*

Wenn du mit der Polaritymethode die Füße massierst, sei innerlich ständig wach und bewußt. Die Aufmerksamkeit sollte bei dir *und* den Füßen deines Partners sein.

Vorstellungen und Gedanken stören die Bewußtheit und den Fluß der Lebensenergie.

Mache dir auch während der Massage keine Gedanken über das Warum und Ziel deiner Handlungen.

Sei wach und lasse deine Bewegungen mit und durch die Lebensenergie fließen.

Beherzigst du diese Grundlagen, wird jede Massagesitzung für dich einfach und für den Massierten harmonisierend sein. Deinem Massagepartner wirst du so die augenblicklich mit deinen Kräften bestmögliche Massage angedeihen lassen können.

Je wacher und offener der Massierende ist, desto klarer und eindeutiger sind seine Bewegungen und desto tiefgreifender sind die harmonisierenden Veränderungen beim Massierten.

Das heißt, die Qualität der Massage ist abhängig von der Bewußtheit und der Offenheit des Massierenden für die Lebensenergie.

Für den Massierenden ist es ratsam, sich vor der Massage zu verwurzeln (siehe: Energieausgleich im Stehen, S. 47) und sich seiner selbst zu erinnern. Dies fördert die innere Wachheit und Sicherheit.

Während der Massage ist es hilfreich, auf seine Körperhaltung zu achten (Verspannungen lösen!) und möglichst während der gesamten Massage bewußt und ohne Anstrengung tief und regelmäßig zu atmen.

Einige Übungen und Techniken, mit denen eine immer größere Wachheit und Offenheit erreicht werden kann:

Lasse dir immer wieder eine Polarity Fußmassage geben.

Wiederhole des öfteren die Wurzelübung.

Je stabiler, vielfältiger deine Wurzeln sind, desto einfacher ist es für dich, wach und offen zu sein. Die Übung „in Harmonie gehen" ist bestens geeignet, den Energiepegel zu erhöhen.

Eine Übung, die die innere Gelassenheit und Aufmerksamkeit fördert, und außerdem die Sensibilität für die Körperenergie erhöht:

Übung: Realistischer werden

Stelle dich möglichst ohne Schuhe hin, schaue in dich hinein.

Beobachte deine Energieverteilung.

Beginne mit dem Kopf, dann mit Schultern, Armen, Brust, usw...

Mache eine augenblickliche Bestandsaufnahme.

Beobachte, aber bewerte nicht.

Nachdem du dir die Energieverteilung in allen Körperteilen angeschaut hast, lasse deine Wurzeln wachsen und lasse den Energieausgleich mit der Erde geschehen.

Konzentriere dich während des Gehens und Sitzens auf deine Füße.

Diese Übung macht dich auf längere Sicht gesehen realistischer und sicherer.

Gehe möglichst oft barfuß.

Erinnere dich immer wieder an dich selbst, vergegenwärtige dir, daß du lebst und lebendig bist.
Das macht dich (selbst) bewußt.

Während der Massage tauchen immer wieder Gefühle der Unsicherheit, Unzufriedenheit oder Unzulänglichkeit auf. Vielleicht tauchen auch folgende Gedanken auf: Ich müßte doch jetzt diesen oder jenen Griff machen..., jetzt müßte doch dies oder jenes geschehen..., dieser Griff oder diese Berührung erscheint mir sinnvoller als der Griff, der vor meinem inneren Auge auftaucht, usw...

Achte in diesen Situationen darauf, daß du wach bist, sonst bist du schnell in einer inneren, mit Sicherheit unfruchtbaren Diskussion gefangen, die dir Kräfte raubt, dich innerlich in gewissem Sinne einschlafen läßt, und dich relativ handlungsunfähig macht.

Solche Gedanken und Gefühle tauchen u.a. deswegen auf, weil durch die erhöhte Aufmerksamkeit und durch das Sich-Hingeben an die Führung der Lebensenergie die entsprechenden Mechanismen aktiviert werden.

Es gibt verschiedene Möglichkeiten, damit umzugehen: Am geeignetsten meiner Meinung nach ist, sich nicht von den Gefühlen oder Gedanken beirren zu lassen, innerlich ruhig und gelassen zu werden, die Wachheit zu erhöhen und sich weiterhin vertrauensvoll auf die Führung und Leitung der Lebensenergie zu verlassen.

Es ist dann gerade so, als ob die Auswirkungen der Mechanismen sich auflösen würden.

Eine weitere Möglichkeit ist die, die Massage kurz zu unterbrechen, sich zu verwurzeln und die überflüssige (festsitzende) Energie abzulassen und den Energieausgleich mit der Erde wirksam werden zu lassen.

Dies kann ebenfalls zur Auflösung, zumindest aber zur augenblicklichen Beruhigung der Gedanken und Gefühle führen, wenn du die Polarität Erde – Mensch voll wirksam werden läßt. Manchmal mögen die Gedanken, die Gefühle, die innere Diskussion, so stark werden, daß es sinnvoll ist, die Massage für längere Zeit zu unterbrechen oder sie für dieses eine Treffen zu beenden.

In der Zwischenzeit kannst du dann an deinen dich hindernden Mechanismen arbeiten und sie auch auflösen oder zumindest entschärfen. Erinnere dich während der Massage immer wieder daran, tief und entspannt – ohne Anstrengung – zu atmen.

Die Lebensenergie teilt sich auf verschiedene Arten mit. Sie scheint von der persönlichen Konstellation des Massierenden abhängig zu sein und sagt nichts über die Qualität ihrer Führung und die Qualität der Massage aus.

Es kann sein, daß du die richtigen Griffe, Berührungen und Haltungen einzusetzen weißt, ohne eine rationale Erklärung dafür zu sehen, oder zu finden.

Manchmal wirst du vielleicht den Griff oder die Haltung der Finger und Hände wie im Bild vor dir sehen. Oder ein anderes Mal fühlst du das Richtige und Angemessene einer Griff- und Berührungsvorgabe.

Gleich wie es sich dir mitteilt, wesentlich ist, daß du genau so wie es dir mitgeteilt ist, handelst.

Achte darauf, den Finger oder die Hand *genau so* dorthin zu legen wie du es vor deinem inneren Auge siehst, wie du die Richtigkeit fühlst oder wie du es weißt.

Nur dann kann im rechten Augenblick der mögliche und hilfreiche Impuls zum Auflösen einer festsitzenden Energie, zur Verstärkung von Bewußtheit oder Lebensenergie bei dem Massagepartner wirksam werden.

Die genaue Ausführung der Griffe und Bewegungen ist also ausschlaggebend für die Wirksamkeit der Arbeit. Die hier angestrebte und erforderliche Genauigkeit ist die Genauigkeit des bewußten Handelns, die dir als Massierendem die bestmögliche Distanz zu den eigenen Mechanismen, und dem Massierten die augenblicklich richtigen und angemessenen Entwicklungs- und Selbstheilungsanstöße gibt.

Innerlich wirst du den Unterschied zur ungenauen Durchführung der Griffe spüren können. Diese Ungenauigkeit macht unzufrieden und vermittelt auch das Gefühl, daß etwas nicht stimmig ist und besser gemacht werden könnte.

Solch ein oft vages Gefühl ist meist keine Auswirkung eines Mechanismus, sondern eine Aufforderung der Lebensenergie, bewußter und genauer zu arbeiten.

Führst du die Massage so aus, wie sie dir von der Lebensenergie mitgeteilt wird, spürst du dies ebenfalls. Es teilt sich durch Zufriedenheit mit und durch die Gewißheit, eine wirklich hilfreiche Arbeit geleistet zu haben.

Läßt du dich als Massierender bewußt ganz auf die Leitung der Lebensenergie ein und führst die Griffe und Bewegungen genau aus, wirst du innerlich gelassener, ruhiger und konzentrierter sein.

Zur Genauigkeit und Zuverlässigkeit gehört ebenfalls die genaue Wahrnehmung des Zeitpunktes, wann die Hände zurückgenommen und zu welchem Zeitpunkt die gesamte Massage zu ihrem Abschluß kommen sollte.

Bei jedem zeigt sich zu einem unterschiedlichen Zeitpunkt die Grenze, da ein bestimmtes Potential an möglicher Veränderung und Entwicklung ausgeschöpft ist.

Die uns innewohnende Weisheit der Lebensenergie kennt dieses Maß. Sie gibt jedem die Möglichkeit, für den Augenblick genau das richtige Maß an Entwicklung „machen zu können".

Dann, wenn der Massierende dieses „Stopsignal" der Lebensenergie „hört", ist dieser Punkt der augenblicklichen Entwicklungsmöglichkeit des Massagepartners erreicht. Ein Mehr oder Länger würde bestenfalls nichts zur Folge haben, schlimmstenfalls die Energien wieder durcheinander bringen und eine Überlastung des Massagepartners in bestimmten Bereichen oder insgesamt bedeuten.

Um diese offene Polaritätsmassage der Füße sicher ausüben zu können, ist es sinnvoll, die systematische Polaritätsmassage der Füße oft praktiziert zu haben.

In der systematischen Massage kann der Massierende seine Wachheit trainieren, sensibler für die Energien werden und lernen, genau auf das „Stopsignal" der Lebensenergie zu hören.

Um die Entwicklungsmöglichkeiten, die diese Art der Fußmassage bietet, tiefgreifender werden zu lassen, sollte der Massierte während der Fußmassage ständig in sich hineinschauen und, ohne zu werten, beobachten.

So sensibilisiert er sich durch jede Massage mehr für die Vorgänge in seinem Innern und wird bewußter. Er kann die Veränderungen und die damit verbundene Entwicklung besser akzeptieren, und sich durch die größere Wachheit weiter entwickeln.

Das, was in ihm geschieht, sollte er sich ansehen, solange es ihm nicht den Atem raubt, (das kann man wörtlich sowie im übertragenen Sinne verstehen) und wie einen Film vorbeiziehen lassen. Sobald der Massierte sich in das Geschehen einmischt, oder sich davon beeindrukken läßt, hält er den Befreiungsprozeß an, stoppt die heilende Kraft der Lebensenergie.

Eine Unterbrechung des Entwicklungsprozesses geschieht ebenfalls, wenn der Massierte die auftauchenden Bilder, Gefühle, Gedanken oder Körperreaktionen analytisch denkend verstehen will. Dieses analytische Verstehenwollen ist während der Massage selbst als eine Energieblockierung zu sehen.

Jeder Mensch versteht in einem tieferen Sinne die inneren Vorgänge, wenn er sich auf sie einläßt, sie gleichzeitig akzeptiert und in sich voll und ganz „Ja" zu dieser Entwicklung sagt.

Nach der Massage braucht meist nichts von diesem inneren Geschehen durchgearbeitet zu werden. Dies ist nicht nötig, da sich während der Massage vieles schon von selbst gelöst hat, und weil die offene Polaritätsmassage der Füße, wie sie hier vorgestellt wurde, die Selbstheilungskräfte auch über die Massage hinaus aktiviert hat.

Die Lebensenergie ist bei einer nach den oben dargestellten Prinzipien durchgeführten Fußmassage genau in dem Maße tätig, wie sie entwicklungsfördernd ist.

Eine auf der Basis der inneren Wachheit und der Leitung durch die Lebensenergie durchgeführte offene Polaritätsmassage der Füße, gibt dem Massierten die augenblicklich möglichen, vielleicht sogar notwendigen, jedenfalls genau richtigen Entwicklungsanstöße.

Wofür Massieren?

Die Polaritätsmassage für die Füße, gleich welcher Art, bietet jedem Menschen die Möglichkeit, zumindest ein Stück mehr seinen Lebensweg in Harmonie zu gehen.

Hemmende Mechanismen auf körperlicher, psychischer und geistiger Ebene werden aufgelöst und Lebensfreude, Friedfertigkeit und Hinwendung zum anderen Menschen gefördert.

Wie weit jemand diesen Weg zum inneren Frieden, zur Ausgeglichenheit und zur Liebe geht, mag von den äußeren Umständen, den eigenen Bedingungen und dem eigenen Bestreben abhängig sein.

Die Polaritätsmassage für die Füße bietet diese Möglichkeit an.

Die Entwicklung zu größerer Harmonie ist ein Prozeß in der Zeit und mit der Zeit. Viele, vielleicht sogar liebgewordene Denkschemata, Handlungsabläufe und Gefühlskonstellationen werden im Laufe der Zeit fallengelassen und aufgelöst.

Dieses Loslassen mag nicht immer leichtfallen. Jedes Loslassen von lange Festgehaltenem bringt ein Stück mehr Leben, mehr Lebensenergie und Vitalität, mehr Bewußtheit auf dem Weg zur Freiheit, zum inneren Frieden, der die äußere Freiheit und den äußeren Frieden, den wir anstreben, erst möglich macht.

7.

Chakren und Füße

Chakren und Füße

In den Füßen spiegelt sich auch der Zustand der Körperchakren wieder.

Chakren können als Energieregulatoren zwischen Innen und Außen, als Vermittler und als Zustandsanzeiger des inneren und äußeren Lebens, der Lebendigkeit gesehen werden. Sind sie in ihrer Funktionsfähigkeit beeinträchtigt, finden wir auch die Beeinträchtigungen in der Körperenergie und im sozialen Leben des Menschen vor.

Ist zum Beispiel das Herzchakra nicht im Gleichgewicht, nimmt der Mensch sich nur in dem Maße an, wie es die Funktionsfähigkeit dieses Chakras zuläßt. Und so wie man sich annimmt oder nicht, sich liebt oder nicht liebt, so liebt man auch seine Mitmenschen oder liebt sie nicht.

In Abwandlung der alten Feststellung: „Wie oben, so unten" kann man hier auch sagen: „Wie innen, so außen."

Wie der innere Zustand im Fluß bzw. nicht im Fluß ist, so ist auch das nach außen sichtbar organisierte Leben und dessen Qualität fließend oder auch nicht fließend. Rollt man diesen Satz von der anderen Seite auf, so hat er gleichermaßen Gültigkeit.

Der Mittler zwischen Innen und Außen ist das Chakra.

Ganzheitlich betrachtet hat jeder Mensch nur ein einziges Chakra, und das ist sein Körper.

Doch der Körper, das Körperchakra ist nicht der Mensch an sich, sondern der Energieregulator, der Mittler und das Abbild des von innen und außen Widergespiegelten. Wir sind also im Körper/Körperchakra und gleichzeitig sind wir es auch nicht.

Gesamtkörperchakra (Yang) — rechter Fuß

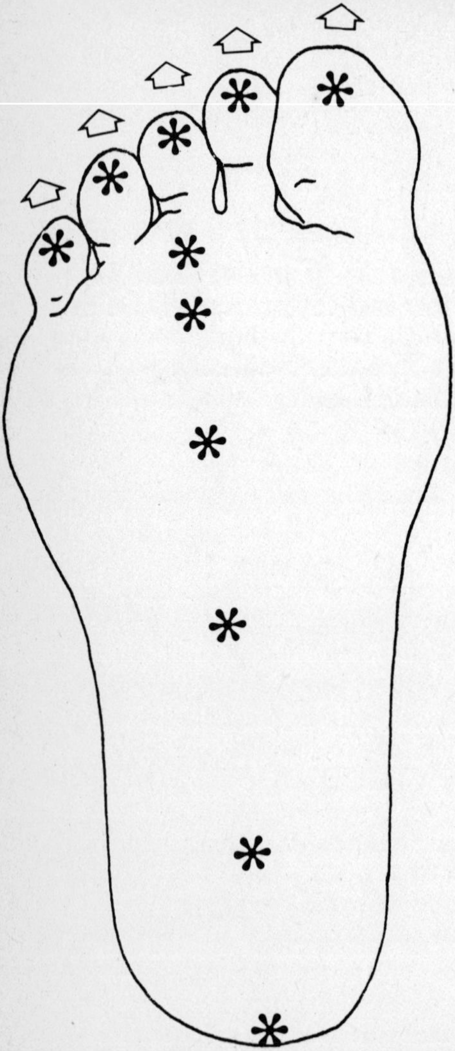

Kronenchakra

Stirnchakra

Individualitätschakra

Herzchakra

Milzchakra

Vitalitätschakra

Sexualchakra

Gesamtkörperchakra (Yin) — linker Fuß

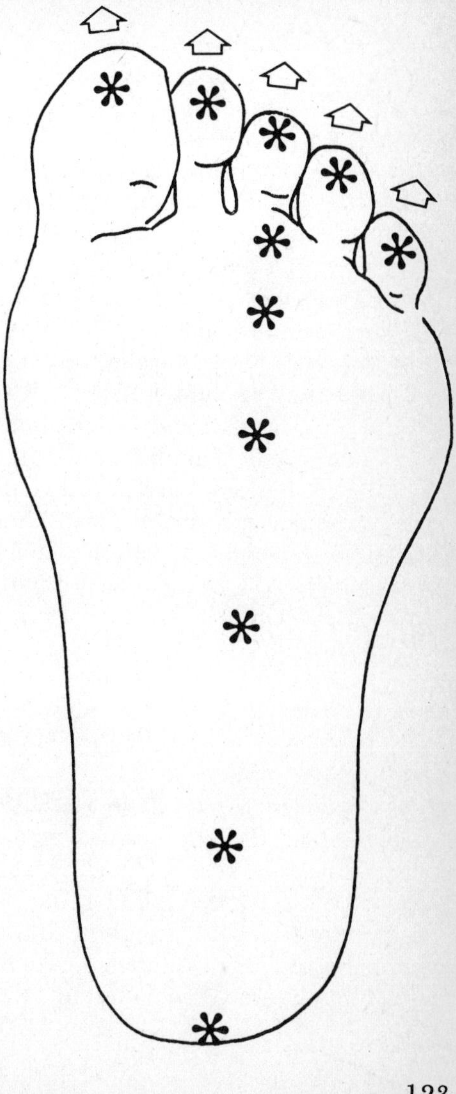

Der Körper wird oft als Begrenzung erlebt, da er nicht offen für das von außen Kommende ist. Wird er als Begrenzung erlebt, sind Störungen, Blockaden vorhanden.

Es existiert im Menschen kein eigentliches Innen oder Außen. Die Vorstellung von einer souveränen und abgetrennten Existenz entsteht durch die innere Vorstellungswelt, die von Mechanismen produziert wird. Die Mechanismen verdunkeln, leiten fehl, hypnotisieren, machen uns für den Augenblick unfähig, indem sie uns an die Erlebnisse von Gestern und an die Bilder von Zukünftigem binden, und wir uns an diesen Produkten unserer Vorstellungswelt orientieren.

Ausbildung und Orientierungshilfen mögen zwar auf unserem Weg zum Einssein hilfreiche Stützen sein, sie sind aber für den endgültigen Schritt in das Menschsein, in die Freiheit hinderlich. Denn sie halten die Energie auf bestimmten Ebenen fest, daß heißt, etwas stagniert, was eigentlich im Fluß sein könnte, müßte.

In dem Augenblick, wo alles in Fluß gekommen ist, ist auch alles still. Selbst eine Verhaftung an das Fließen ist damit aufgehoben.

Jede individuelle Beobachtung in mir und außerhalb von mir ist nicht mehr existent. Die Wahrnehmung der Verschiedenheit, die verstandesmäßige Selektion hat keine Relevanz mehr. Alles ist Eins und in seiner Vielfalt gleichbedeutend.

Das Jetzt, die einheitliche, vielfältige Realität ist dann zum leitenden Prinzip geworden, das keine Anleitung, keine Kausalität, kein Ziel mehr braucht.

Es ist die direkte Handlung, das unmittelbare Gefühl, der spontane Gedanke – ohne Grund und ohne Zweck. Und dabei ist jeder Grund und jedes Ziel in der Handlung, im Gefühl und im Gedanken immanent.

Anhang: Fußpflege

Es gibt eine einfache und zumeist sehr angenehme Art der Fußpflege: einfach barfuß gehen.

Feststehende Energien im Fuß werden durch die größere Bewegungsmöglichkeit des Fußes angesprochen, und eventuell zum Fließen gebracht. Außerdem werden durch die größere Aufmerksamkeit, die man beim barfüßigen Gehen den Füßen schenkt, die Energien, die in den oberen Regionen des Körpers – Brust, Schultern, Nacken, Kopf – festgehalten werden, nach unten – zum Bauch hin, in das Becken, die Beine und Füße – gezogen. Eine auf den ganzen Körper bezogene, harmonischere Energieverteilung ist die Folge.

In unseren Breitengraden und unter unseren Lebensbedingungen ist es die Ausnahme, barfuß zu gehen. Wir brauchen deshalb Schuhwerk, das zu den Füßen paßt. Billige Schuhe kommen dem Träger häufig teuer zu stehen. Hohe Absätze führen auf Dauer zu Haltungsschäden im Becken und Wirbelsäulenbereich. Trägt jemand Plastikschuhe (auch Schuhe mit Plastiksohlen), kann der energetische Austausch zwischen Erde und Mensch nicht in einem gesunden Maße stattfinden, vergleichbar einer synthetischen Kleidung, die die Atmung der Haut behindert.

Ein guter Schuh sollte den Zehen genügend Raum und der Ferse einen guten Halt geben. Der Schuh sollte sich am Fuß anschmiegen und durch die Machart, die Möglichkeit haben, sich auch noch dem Fuß, seiner Form, anzupassen.

Bei manchen Schuhen habe ich den Eindruck, daß es geradezu umgekehrt ist: Die Füße sollten sich der Form der Schuhe anpassen.

Ebenfalls zur Fußbekleidung gehören die Strümpfe. Sie sollten möglichst aus Naturfasern gefertigt sein, da die Haut durch solche Fasern besser atmen (ausdünsten) kann.

Eine weitere Art der Fußpflege ist mit Fußbädern möglich. Manche Bäder können in der Apotheke fertig gekauft werden. Mit ein wenig Gefühl und Wissen über Kräuter, Öle und Tinkturen, und deren Wirkungen auf den Organismus kann jeder sich ein solches Bad auch selbst zusammenstellen.

Einige Kräuterbäder habe ich in dem Buch „Kräuterkosmetik für natürliche Schönheit" von Walburga Obermayr gefunden.

Kräuterbäder haben den Vorteil, daß sie individuell zusammengestellt werden können und ausgleichend und regulierend auf den Energiehaushalt der Füße und des gesamten Menschen wirken.

Ein Rezept aus diesem Buch stelle ich hier vor: „Huflattich-Erfrischungsbad" belebt und kräftigt den Fuß und stabilisiert den Lauf der Lebensenergie. Zutaten:

1 Handvoll getrocknete Huflattichblätter
1 Handvoll frische grüne Huflattichblätter

Aus den getrockneten Huflattichblättern kocht man in 1 Liter Wasser einen Absud, füllt dann mit warmem Wasser auf und nimmt darin ein ausgiebiges Fußbad. Die grünen Huflattichblätter werden dann auf die Füße gelegt und mit einem Umschlag aus Gaze fixiert. Die Auflage sollte ein bis zwei Stunden auf den Füßen bleiben. Diese Kur ist besonders geeignet, wenn die Füße durch langes Stehen angeschwollen sind.

Die schönste Pflege, die jeder den Füßen zuteil werden lassen kann, ist die innere positive und herzliche Haltung sich selbst in seiner Gesamtheit gegenüber. Es ist das Ja zu dem eigenen Lebensweg und den ihm innewohnenden Entwicklungsmöglichkeiten. Es ist das Dasein mit und in den Füßen, stabil und flexibel zugleich.

W. Teschler
DAS
POLARITY-HANDBUCH
Eine praktische Einführung in die harmonisierende und heilende Energie-" Massage"

124 Seiten
durchgängig illustriert
DM 12,80
ISBN 3-924624-03-8

"Das Polarity-Handbuch" stellt eine wirksame Methode dar, in der es darum geht, blockierte und fehlgeleitete Energieen wieder in Fluß und ins Gleichgewicht zu bringen und gleichzeitig Prozesse der emotionalen und körperlichen Befreiung und geistigen Erkenntnis auszulösen.
"Polarity" ist einerseits praktische Handhabung. Durch Auflegen und Führen der Hände werden Energieblockaden aufgelöst und harmonisiert. Die detailliert beschriebenen Übungen und Griffe geben dem geübten Anwender und dem, der sich die Möglichkeiten von "Polarity" erschließen möchte, gleicherweise Anleitung und Anregung.
"Polarity" ist andererseits Verinnerlichung, will den Menschen zu seiner Mitte führen, es weist einen möglichen Weg zum Einssein mit sich selbst und mit der Welt. "Polarity" ist eine Methode der Neuen Zeit, denn überall bahnt sich die Erkenntnis an, daß alles Polare der Ergänzung und Ganzwerdung dient.
Wilfried Teschlers Buch vereinigt also Theorie und Praxis, Wissen und Intuition, Äußerliches und Innerliches, Greifbares und Unfaßbares, Hand und Herz zu einem praktischen Werk über ein System der Körperenergiebalance, dessen Wirksamkeit jeder an sich selbst ausprobieren und erfahren kann.